Одиночество Лин

Одиночество Лины
Расселл Дайер

A Silent Killdeer Publishing (asilentkilldeer.com)

Новый Орлеан • Милан • Москва

Одиночество Лины

Автор, Расселл Дайер. Переводчик, Elena Картушина.
Copyright © 2018 Russell J.T. Dyer.

A Silent Killdeer Publishing

Опубликовано в «A Silent Killdeer Publishing», Новый Орлеан, Луизианна, США. Посетите нашу интернет страницу http://asilentkilldeer.com или напишите письмо inquiries@asilentkilldeer.com. Напечатано в Соединенных Штатах. Печатается по стандарту «Literaturnaya».

ISBN-13: 978-0-9831854-5-1

Моему сыну, Джеофри Дайеру, у которого доброе сердце, и которому всегда нужна была моя любовь, особенно когда он подрэстал , а я его иногда игнорировал. Но я всегда его любил, и люблю — и всегда буду им гордиться.

В каком-то смысле, это ужасная ситуация является образцом и протитипом всех грехов: сознательная и привычная воля отвергать безусловную любовь в силу чисто произвольной причины, что она нам просто не нужна. Мы отделяем себя от этой любви. Мы полностью и абсолютно её отвергаем, и мы не признаем её, просто потому, что нам не нравится любить. Возможно, внутренний мотив быть безусловно любимым, происходит из самого факта того, что нам всем нужна любовь других, и что мы зависим от доброты других, чтобы жить дальше своей жизнью.

— Томас Мертон (*Семиярусная гора*)

Одиночество Лины

Глава первая

Она медленно просыпается. В комнате пахнет хлоркой. Этого она больше всего и не переносит в больнице — убивающий запах, белый довлеющий кафель и свет, эхо голосов людей, сдержанно перебрасывающихся словами, звуки сигналов оборудования, расположенного где-то в конце коридора — все это ударяется в продезинфицированные стены и потолки, безучастные ко всему — звукам, свету, любви. А потом отскакивает и больно ударяет прямо в лицо.

Она открывает глаза. Свет ослепляет, и глаза быстро закрываются. Головная боль, ранее не заметная, резко проносится через виски. На губах чувствуются какой-то металлический привкус.

Она всхлипнула, пытаясь сглотнуть, но, словно ящерица, съежилась от резкой боли. Мятые простыни кольнули складками. Сразу вспомнились ее простыни из египетского шелка — дорогие, по восемьсот долларов, которые мама купила на распродаже, за полцены, а потом отдала ей в первую съемную квартиру. Но мысли о простынях прерывает острая боль, быстро поднимающаяся откуда-то снизу живота. Она широко открывает глаза и слегка приоткрывает рот, глубоко вздыхает, а потом выдыхает резкими урывками, как при родах. И вдруг вспоминает, почему она здесь, и что они с ней сделали.

Она поворачивает голову на бок, но мысли не отступают. От этого на глаза проступают слезы, но боль становится сильнее, сосредотачиваясь в одном месте для удара. Он всхлипывает, и — готовится жить с этой болью — с физической, которая скоро пройдет, и с душевной, которая будет длиться гораздо дольше.

Дверь палаты почему-то открыта. По коридору проходят две медсестры. Они на что-то жалуются — то ли на то, что смена слишком длинная, то ли на то, что с какой-то из них плохо обходится один из докторов. Она не может разобрать — мысли все еще путаются, а в голове туман.

Она осматривает палату. Они включили не весь свет — в неприметных местах можно различить лампы. Свет приглушен — или не такой яркий, как казался сначала. Она замечает другую женщину, спящую на соседней кровати. Рядом с женщиной, около окна, спит мужчина. Его тело скосилось во сне, а голова плавно покачивается. На вид ему лет двадцать пять — двадцать семь. Ее внимание вновь обращается на спящую женщину — ее бледное лицо, без макияжа, выглядит по-девичьи невинно, хотя на вид ей столько же лет, сколько и мужчине. Ни у женщины, ни у мужчины нет колец на пальцах, но их виду понятно, что они — супружеская пара. При мысли об этом она глубоко вздыхает, и на ее лице появляется гримаса. От этого опять резко болит низ живота, и она закрывает глаза. Мысль о том, как все в ее теле и ощущениях взаимосвязано, одновременно и раздражает, и удивляет ее. Она открывает глаза, пытаясь понять, что ей пришлось пережить, и сколько всего связано с этой болью внизу живота.

Она снова поворачивается посмотреть на спящую соседку. Только теперь она замечает цветы, розовые шарики, мягкие игрушки на тумбочках и псдоконнике. Их так много, и еще с подписанными вручную открытками. Она оглядывает пустые тумбочки возле своей кровати — ни цветов, ни открыток с пожеланиями скорейшего выздоровления. У этой девушки точно теперь есть ребенок, крошечная девочка, и ей по праву все эти празднества, но ведь если женщина потеряла ребенка, ей ведь можно принести цветы и открытку с сожалениями? Но нет — по обе стороны кровати стоят пустые тумбочки, как равнодушные стражи ее боли. Нет ни малейшего знака, что она нужна кому-то. У нее нет друзей.

При мысли об этом, она слегка поднимает левый уголок губы, при этом напрягается щека, и выходит какое-то подобие полулыбки. Она кивает головой, как бы соглашаясь, что то, что с ней произошло, вполне стоило ожидать, и даже в некоторой степени забавно — хотя ей совсем не до смеха. За ней никто не смотрит, но у нее не пропадает ощущение, что весь мир рассматривает ее под микроскопом, и ей приходится держать ответ. Она произносит вполголоса: «Никому до меня нет дела». Затем, спокойно вздохнув, добавляет: «Ну и пусть. Мне тоже никто не нужен».

Женщина на соседней кровати пошевельнулась и, мягко улыбаясь, стала медленно просыпаться. Она взглянула на спящего, предположительно, мужа. В улыбке соседки теперь чувствовалась любовь, и она протянула к нему руку, погладив по предплечью. Он, вздрогнув, проснулся, несколько смутившись, что заснул «на посту».

«Привет, милый», — сказала она мягким голосом.

«Привет», — ответил он машинально, глаза его при этом задвигались, пытаясь понять происходящее. «Хочешь чего-нибудь?». Она покачала головой. «Воды хочешь?». Он встал и, не дожидаясь ответа, начал наливать ей в чашку воду из пластикового кувшина горчичного цвета.

«Нет, спасибо», — сказала она, все еще улыбаясь. Он дал ей чашку. Она отпила немного, а затем, поблагодарив, вернула ему чашку. Он сказал «пожалуйста».

Пока Лина смотрела, как ее соседка по палате пьет из чашки, ей тоже захотелось пить. И еще хотелось, чтобы кто-нибудь налил ей в чашку воды. Она и сама могла — на ее тумбочке тоже стоял пластиковый кувшин, но решила прежде ополоснуть рот. Этот металлический привкус все еще чувствовался на губах. Вместо этого она снова закрыла глаза, и сама не поняла, как заснула.

❧

Между ней и этой женщиной задернули занавеску, и они не видели друг друга. Но в палате стало светлее: включили все лампы, да и дневной свет стал ярче. Было утро. Она слышала, как люди живо о чем-то болтали. Мужчины и женщины, все разного возраста, и еще была маленькая девочка, лет шести. Она пыталась различить голоса в этом сонме разговоров, людей разного пола и возраста. Кажется, там слышались голоса гордых бабушек и дедушек, тетей и дядей, вроде бы друзей. Их было слишком много в слишком маленьком помещении.

Она слышала странные короткие звуки, выражающие недовольство — очевидно, это пищал младенец. На любой писк, который издавал ребенок, на любой чих кто-нибудь одобрительно комментировал, а иногда еще и другие подключались. Лина закатила глаза — ей не нравилось это идолопоклонство.

Она знала, что среди этой толпы посетителей была маленькая девчонка — она прислонялась к занавеске, как будто это стена. Когда отклонялась, то запиналась, но это, казалось, ее не останавливало — девочке просто очень хотелось посмотреть, кто там за занавеской.

Лина непроизвольно улыбнулась девочке, но улыбка сразу перешла в усмешку. Девочка улыбнулась в ответ, сказала: «Привет!», дружески и невинно. Лина поймала себя на мысли, что ей совсем не нравится это вторжение. Это удивило ее, поскольку детей она любила, а тут горькие чувства взыграли в ней. Эта девчонка пробудила в ней что-то, что она не могла объяснить, что-то, к чему она не хотела быть причастна. Ей хотелось сказать этой девочке уйти, не лезть не в свое дело, не вмешиваться в ее жизнь. Она знала, что это будет ужасно, и что это будет не она, если скажет это ребенку. Неожиданно, женщина за занавеской прикрикнула на девочку и погросила не мешать.

Кто-то сказал, что это вообще-то послеродовая

палата и как странно, что здесь еще и другие пациенты. Новоиспеченная мама сказала шепотом, но достаточно громко, чтобы все вокруг услышали: «Мне медсестра сказала, что она потеряла ребёнка».

«Ох, бедняжка», — сказала пожилая женщина, очевидно бабушка. Последовали возгласы и бормотания сочувствия. Девочка заглянула за шторку и печально посмотрела на Лину. Лина тепло улыбнулась, на этот раз без отторжения. Ей нравилось это сочувствие. Кто-то резко одернул девчонку.

«Все равно, ей нельзя быть в этой палате», — сказал тот же самый голос, продолжая протестовать.

«Я знаю, но медсестра сказала, что другие палаты переполнены, и это в виде исключения», — объяснила новоиспеченная мать. «Все нормально. Я не возражаю».

«А где отец?» — громко прошептал один из дедушек. «И, правда, где?» — подумала Лина. Когда произошла авария, за рулем был он, а сам получил лишь незначительные повреждения: никаких переломов, никаких потерь — он ни о чем не беспокоился. «Ну что ж, когда мы встретимся, он не обойдется без потерь: он потеряет меня», — подумала Лина. При мысли, что она может быть еще одной потерей, которая его мало заботит, она ухмыльнулась. Она была зла на него; ее неприятие теперь сфокусировалось и было направлено на одного человека.

Какая-то девушка, предположительно кто-то из теть малыша, одернула дедушку, сказав: «Ну папа, не так громко! Она же слышит».

Лина слышала, как шелестит больничный халат. Недавно родившая пациентка, наверно, поворачивалась на другой бок. Затем она же спросила: «Милый, к ней же никто не приходил, верно?». Вопрос, вероятно, был направлен отцу.

Ее молодой муж заключил в умном тоне: «По крайней мере, я не видел».

«Так нельзя! Просто ужас», — сказала вторая бабушка.

«Я вообще сомневаюсь, что отец существует», — вступил вновь первый дедушка, теперь уже тише.

Но правда в том, что у ее ребенка отец был, его звали Мишель. Он и был причиной ее бед: по его небрежности она забеременела, и по его небрежности потеряла ребенка.

Еще слышались возгласы и некоторые неодобрения в ее адрес. Лина ждала, когда они стихнут. Она надеялась, что девочка снова заглянет и посмотрит на нее с сочувствием, но пришла медсестра, чтоб унести ребенка. Группа присутствующих попытались возражать. Но, как правило, в таких вопросах они уважали сестринский авторитет. Лина их больше не интересовала, они стали чмокать ребенка или посылать ему воздушные поцелуи.

Как только ребенка унесли, они также быстро потеряли интерес и к матери, а вскоре совсем ушли, предоставив отцу заботиться о ней. Когда они проходили мимо Лины, то бросали на нее неловкие взгляды, печально улыбались, но, казалось, натянуто. Некоторые посматривали с осуждением. Девочка же, напротив, путаясь у них под ногами, улыбнулась и помахала Лине. Лине от этого стало хорошо. Она слегка приподняла руку и, как бы скрываясь, помахала в ответ.

❦

Где-то в обед отец ребенка все же появился. Отец ребенка Лины, её друг Мишель Лефарж. Он младше Лины на год, но на пять сантиметров выше ее. Темно-русые волосы и яркие карие глаза. Молодой человек приятной наружности, с добрым лицом и мягкой улыбкой — у него есть харизма, и окружающие оценивали это по достоинству. Было в нем что-то, что заставляло хорошо воспринимать свою жизнь — не бурным восхищением, а как-то уютно и по-доброму, словно жизнь не была такой уж плохой, и ты в ней чего-то достиг. Ему нравилось это чувство — заставлять других хорошо относиться к себе и к жизни. Однако, когда удовлетворение со стороны других от жизни достигало пика — то есть, его работа была сделана — он сразу же терял интерес и переключался на кого-то другого, кто нуждался в этой поддержке. Забавно, но ему нравилось, что его ценили — но не слишком. И напротив, если он кому-то не нравился, если кто-то вдруг не оценил его натуру по достоинству, его это слишком удручало и огорчало. С некоторой щедростью, эту группу людей он быстро отвергал. Словом, ему казалось, нравилось подкармливать радостью других, но, если кто-то показывал свою радость от этого, его это мало волновало. Легко представить, что подходящей для него женщиной стала бы та, которая с теплотой принимает его дружбу, без сопротивления, но и без излишнего восхищения в ответ. Лина же была не из таких.

Лине не нравились методы Мишеля. Несмотря на оригинальность, она никогда до конца не верила в искренность его отношения к ней. Возможно, в глубине души она чувствовала — как только он удовлетворит свою потребность заставить ее хорошо относится к жизни, он сразу же ее бросит. Возможно, она не видела себя так, как видит её он. Каковы бы ни были ее мотивы, она была с ним полгода. Но за все это время его очарование не тронуло ее. Она не верила в его искренность, часто отталкивала его от себя, но не настолько, чтобы он покинул ее. Ей правда нравилось его внимание — но не в той степени, чтобы он был этим удовлетворен. Ей каким-то образом удавалось держать его ровно на такой дистанции, чтобы он от нее не отказался, а, напротив, испытывал тягу к ней, заставляя её в ответ хорошо относится к жизни, и к нему. Она была загадкой, которую ему очень хотелось разгадать. Её непреклонность и, в целом, ее отношение к нему были не очень, но и нельзя было не жалеть Мишеля — ведь он оказался в плену своего хорошего нрава и своей приятной личности.

«Привет, прелесть. Как ты себя чувствуешь?» — спросил Мишель, входя в палату. Лина его заметила. В ответ она нахмурилась. «Ты прекрасно выглядишь. Многие после операции выглядят страшно, но ты выглядишь прекрасно». Его комментарии её не утешали. «Конечно, ты понесла тяжелую потерю. Мне крайне неловко от того, что произошло — потеря ребенка и все такое».

«И все такое?» — в голосе Лины чувствовалось раздражение. Мишель был похож на грустного щенка — с этим вопросом в глазах, не зная, что ответить.

«Из-за твоей бездумной езды я потеряла ребенка. Не надо приукрашивать!»

Она была зла, и не боялась показать это ему. Ее даже не заботило, что вновь испеченные родители могут это слышать. Ему не нравилось, что кто-то на него сердился. Это противоречило его мировоззрению. Ему также не нравилось, когда его отчитывали перед незнакомыми людьми.

«Я, уф, сожалею. Но, в конце концов, это всего лишь авария», — сказал он, пытаясь её успокоить. Он радушно улыбнулся молодой паре, которым явно было неловко от этого разговора. Ему же отчаянно хотелось извиниться перед ними и поздравить их с рождением ребенка. Авария произошла по его глупости. Она спрашивала его тогда, в состоянии ли он вести машину. Он ответил, что все в порядке. Ехал он тогда слишком быстро, включил громко музыку, пел и подтанцовывал на сиденье, посматривал на Лину, приглашал ее тоже подвигаться. Она отказывалась. Его это разозлило, и он еще прибавил скорость, вследствие чего машина скатилась в кювет и стороной пассажирского сиденья врезалась в дерево. У машины была повреждена боковина, но не страшно. Проблема была в том, что, хотя ремень был пристегнут, но неплотно. Он расстегнулся, от удара Лину выбросило вперед, затем вверх и потом левым бском она налетела на переднюю панель. Травма от удара привела к потере плода.

«Авария!» — сказала она, ее гнев все усиливался. «Ты вел как сумасшедший. Это ж не тарелку разбить. Ты убил мою дочь!».

«Ну да, но…». Ему было трудно подобрать слова, которые могли сгладить его преступление, и он не мог придумать, что могло бы ее утешить. «Но это был всего лишь трёхмесячный зародыш», — он знал, что это прозвучало бы бездушно. Он подумал, что надо бы сказать что-то типа «ты же все равно не хотела ребенка», но он сомневался, сочтет ли она потерю ребенка решением проблемы. Нет, сн ничего не мог сказать, что могло бы смягчить его бездушность. Вместо этого, он вздохнул и сжал губы, силясь нахмуриться. Он посмотрел на нее печальным взглядом в надежде, что она простит его. Она не простила.

«Нечего. Тебе нечего сказать», — заметила она, — «Пожалуй, и мне тебе тоже нечего сказать».

«Ладно. Отдыхай», — сказал он с теплотой в голосе, надеясь, что этот его тон может смягчить ее. «Может завтра, когда тебя выпишут и ты будешь дома, я мог бы заглянуть к тебе. Можно?»

«Нет, нельзя. Не надо меня навещать», — сказала она резко.

«Что?» — сказал он в некотором недоумении.

«Не надо ко мне приходить», — объяснила она.

«Послушай, прелесть моя…», — начал он.

«Не называй меня так», — резко ответила она.

«Хорошо. Я вижу, ты злишься. Это вполне понятно».

В ответ Лина закатила глаза.

«Я дам тебе время остыть и позвоню через пару дней».

«Нет! Не надо мне звонить».

«Но…»

«Нет».

Он сжал губы, сделал глубокий вдох и еще более сильный выдох. Медленно кивнул в знак одобрения. Он нагнулся, чтоб поцеловать её в щеку на прощание. Она вытянула ладонь, останавливая его. Пожал плечами, и, с грустью, направился к выходу, снова взглянул на соседнюю пару с извиняющейся улыбкой, когда проходил мимо их. Те помолчали минуту, затем муж соседки что-то сказал про карточку, прикрепленную к одному букету цветов для мамы. Они еще о чем-то поговорили, делая вид, что ничего не слышали.

❦

В это же воскресенье, во второй половине дня, когда этот изнурительный скучный день, проведенный практически в одиночестве, когда Лина пыталась не слушать и не встречаться глазами с соседями по палате, когда те включали телевизор — она терпеть не могла абсурдные телешоу, которые они смотрели, а им, казалось, совсем не хотелось смотреть Си-Эн-Эн —

пришла мама Лины. Она не очень-то была рада видеть маму, но, после утренней толпы посетителей к соседям по палате, еще один посетитель не мог не радовать.

«Привет, милая. Как ты себя чувствуешь?» — мама спросила таким тоном, что, казалось, не была искренне заинтересована узнать ответ. Она уже привыкла, что Лина никогда искренне не отвечает на подобного рода вопросы. На вопрос «как дела?» она всегда отвечала «хорошо». Пока Лина пыталась откашляться и прочистить горло, чтоб заговорить — (она ни с кем не разговаривала с тех пор, как ушел Мишель, даже с медсестрами, обходившись только кивками и негромкими звуками) мама сказала, что она приходила вчера вечером, но Лина спала. Лина поняла, что маме нужна похвала за это посещение.

«Тебя только привезли после операции. Я долго сидела с тобой, но мне все же надо было вернуться домой, чтобы отдохнуть и приготовить воскресный обед», — объяснила мама, чтобы оправдать себя, почему она опоздала, и почему её до сих пор не было.

Лина кивнула, одобряя ее решение уйти, и сказала: «Все хорошо, я сама справлюсь».

«Почему ты не сказала мне, что беременна?» — мама прошептала, чтобы никто не слышал. Хотя, кто мог услышать? Новоиспеченные родители час как ушли домой холить и лелеять свое чадо — так представлялось Лине, ведь все родители так поступают. Она завидовала этому ребенку.

«Срок был небольшой — чуть больше трех месяцев», — Лина объяснила с некоторым раздражением в голосе. «Я ждала, когда срок будет больше». Она и правда планировала сказать маме в тот день, когда приехала бы к ней на обед, но авария помешала.

«Ну ты могла бы и пораньше сказать. Вчера мне пришлось все выяснять у врача», — сказала мама, чувствуя себя уязвленной. Лина не стала извиняться.

«А почему они поместили тебя в послеродовую палату?»

«Не знаю. Больница была переполнена, когда меня сюда привезли», — ответила Лина несколько резко.

Этот тон не понравился маме. «Ты не знаешь, кто это был — мальчик или девочка?» — спросила она.

«Не знаю. Какая разница?» — сказала Лина, еще больше раздражаясь. На самом деле, она знала. Это была девочка — пару недель назад ей сказал доктор на УЗИ. Лина злилась, зная наперед, что мама не одобрит ее решения забеременеть, будучи не замужем — именно поэтому она и не говорила ей. Ей не хотелось подвергать критике со стороны мамы себя и своего ребенка раньше, чем следовало. Она вдруг подумала, что ее ребенок никому не причинил вреда, и уже никогда не причинит.

Маму задело, что дочь раздражают ее вопросы, но она старалась не подать виду и сказала: «Мне жалко, что так вышло с ребенком, но по крайней мере это разрешило ситуацию». Она ждала, что Лина согласится. На этом этапе своей жизни Лина не хотела ребенка. Ей было двадцать восемь лет, и пока ее материнские инстинкты в ней спали. Хотя до беременности она не хотела ребенка, ей все же не хотелось потакать матери и соглашаться с ней. Она не хотела видеть в этом ужасном происшествии что-то хорошее.

«Когда тебя отпустят домой? Они сказали?» — спросила мама, посматривая на часы. Визит перестал ей нравится.

Лина ответила: «Завтра утром. Около десяти». Она соврала. Возможно, ее отпустят раньше. Она соврала, потому что мама могла еще раз прийти в больницу до того, как ее выпустят, а ей хотелось поехать домой одной. Ей не нравилось зависеть от благотворительности других, даже мамы.

«Я буду на работе в это время». О том, чтобы отпроситься с работы и забрать дочь из больницы не могло быть и речи.

«К тебе никто больше не приходил?» — спросила мама.

«Нет, совсем нет», — сказала Лина, не желая обсуждать с ней Мишеля.

«Совсем никто? Я думала, Мишель придет», — с неодобрением отметила мама, — «учитывая, что он твой парень и что по его вине ты потеряла ребенка».

«Я не хочу об этом говорить, если ты не против», — сказала Лина в ответ. «Я даже видеть его больше не хочу».

«Это понятно. Не хотелось говорить, но он мне никогда не нравился».

«Уж прям», — вырвалось у Лины. Она помотала головой, не веря тому, что услышала.

«Мне жаль, но это правда: он мне не нравился». Это было неправдой. Ей нравился Мишель — очень. Они встречались несколько раз. Однажды он пришел на воскресный обед, и был очень любезен с её мамой — хвалил еду, сказал, что Лина обязана красотой матери и говорил все то, что могло ей понравиться. Даже посуду помог помыть после обеда. Он хвалил отчима Лины за мудрость и восхищался его рассказами о военной службе. Сам факт, что её отчиму понравился парень, с которым встречается его падчерица, большая редкость. Лине и не понравилось тогда, что Мишель смог понравиться отчиму. С ее точки зрения, завоевать отчима так легко можно было только притворством.

Нет, маме Мишель нравился, и она возлагала большие надежды на их отношения. Такая последовательность событий разочаровывала ее. Она потеряла того, кого считала будущим зятем, с кем было бы приятно проводить воскресные обеды каждую неделю, а вчера еще и узнала, что у нее могла быть внучка. По сути, она притворялась, когда говорила, что Мишель ей якобы никогда не нравился, и что в этой ситуации вообще есть что-то хорошее. Она это говорила, чтобы как-то поддержать Лину, взбодрить ее, но это не сработало.

«Мать, ну можно мы не будем о нем говорить?» — воскликнула Лина. Мама не любила, когда Лина называла ее так. Когда Лина была маленькой, она называла ее «мамочка». Затем, лет в восемь-десять, это переросло в «мам». А после того, как Лина окончила университет, она вдруг стала называть ее «мать».

«Хорошо, а друзья твои, коллеги по работе чего же?»

«Что чего же?» — спросила Лина, не понимая, что мама имеет ввиду.

«Кто-нибудь из них приходили к тебе?»

«Нет. У них своих дел полно».

Лина не стала говорить, что между друзьями и коллегами есть разница — ответила за всех сразу. То, что у нее нет друзей, не хотелось обсуждать с мамой.

«Я думала, твой начальник, Роджер Стринжер, хотя бы цветы пришлет. За твою хорошую службу». Мама полагала, что нужно быть преданным начальству, и ей нравилось, когда начальство показывало одобрение этой верности — не просто зарплатой или премиями, но редкими любезностями, типа обеда или поздравления с круглой датой на работе.

«Он в Лондоне. Вчера утром уехал», — сказала Лина в его защиту. «Я отправила сообщение ему на телефон и еще позвонила в кадры и сказала, что меня не будет несколько дней. Наверно, он скажет что-нибудь, когда вернусь на работу».

«Я думала, он хотя бы цветы пошлет», — все еще протестовала мама. «Это меньшее, что он может сделать как джентльмен».

«Зачем?» — вскрикнула Лина. Она почувствовала

острую боль в животе. Она закрыла глаза на секунду, но быстро открыла их, чтобы не показать маме, что ей больно.

«Не нужны мне цветы», — добавила она.

«Тебе плохо, дочь?» — спросила мама. Она все же заметила, что та закрывала глаза от боли.

«Нет, все хорошо. Я просто хочу отдохнуть», — сказала Лина, намекая, что маме пора уходить.

Мама печально кивнула — она знала, что потеряла Лина, и в этот момент поняла, что теряет она. Она понимала, что чувствует Лина, потеряв ребенка, но она также осозновала, что Лина все больше отдаляется от нее, от ее жизни. Было время, когда Лина сильно любила ее, когда она была ей примером. Когда Лина была маленькой, они, бывало, шли после школы и разговаривали о том, как прошел день, о том, кто из школьных подруг обидел Лину, как глупо порой поступали учителя, говорили о том, что будет, когда Лина вырастет. Теперь же, хотя всякий раз мама начинала разговор так, чтобы улучшить отношения, она каждый раз понимала, что, каждый раз, помаленьку, теряет Лину. Иногда её даже охватывала паника — она не знала, что сказать, что сделать, чтобы вернуть свою маленькую девочку, которую она так сильно любит. Чем лучше старалась, тем хуже получалось. Как-то ей показалось, что не стоит стараться, надо просто дать время, и тогда отношения сами наладятся. Но и это не помогло. Ничего не помогало. Она не могла это исправить, не понимала, что делает не так, потому что делала все правильно —

по крайней мере, она так считала. Она лишь пыталась не показывать Лине, каково это, интуитивно понимая, что признание вины только все ухудшит.

«Ну ладно, милая. Я тоже устала. Выходные были нелегкими, а мне еще твоему отцу надо ужин приготовить». Возможно, мама называла своего мужа «твой отец», показывая, что она сама здесь ни при чем, а не потому, что это отражало истинное положение вещей. Лина вообще сомневалась, называла ли мама его «мой муж».

Лина не называла его отцом. Это был всего лишь человек, за которого мама вышла замуж, когда Лине было двенадцать. Так она его и называла — муж мамы. Чтобы не показывать свою эмоциональную оценку, она нарочно не называла его по имени, когда обращалась к нему. Она и папой его не называла. Лина просто начинала говорить, а его задачей было понять, что она обращается к нему. Иногда он не понимал, что она говорит с ним, но Лину это не беспокоило. Небольшая плата за то, чтобы сохранить эмоциональную дистанцию. Она так и не потеплела к нему, возможно из-за верности отцу, которого она едва помнила, и который не заслуживал этой верности, если учесть, что он никогда не звонил ей, никогда не помогал маме деньгами и воспитывать ее.

Лина попрощалась с мамой, и мама ушла, оставив ее одну.

Мама Лины шла по больничному коридору послеродового отделения, заглядывая в палаты, где лежали молодые мамы. Она вспомнила, как сама она, тогда молодая мама, была пациенткой этой же больницы, лежала в этой же палате. Это было почти тридцать лет назад. Лина была самой большой радостью в её жизни, и самой сильной болью было потерять любовь Лины за столько лет. Ей было страшно думать, что она однажды умрет, так и не померившись с Линой. Внучка могла бы снова дать любовь.

Годами она мечтала, что у Лины появится ребёнок, и надеялась, что это будет девочка, и тогда она уже не сделает ошибок, которые допустила в отношениях с Линой. Она не знала, что сделала не так, но точно бы не сделала этого впредь. Но возможность была упущена — сразу же, как только она о ней узнала. Кто знает, сколько времени пройдет, пока Лина снова забеременеет, если вообще это произойдет. Эта была непереносимая мысль. Она едва успела выйти из больницы прежде, чем расплакаться. Достала салфетку из сумки и прикрыла ей лицо, чтобы прохожие не видели, что она плачет.

Глава вторая

Лина спит, поворачиваясь с боку на бок. Во сне она видит себя ребенком, где ей года четыре. Она гуляет с другой девочкой этого же возраста, но имени подружки не помнит. Они на улице, где она жила в детстве. Кажется, они играют в какую-то игру — скорее всего, в чехарду. Они идут мимо дорожного слива. Она заглядывает туда — там темно, это ее пугает, она уходит, но чувствует, будто что-то обвивается вокруг ноги. Она наклоняется, и на ноге видит змею из канализации — черно-серую, больше трех футов длиной. Она вскрикивает, и в это время еще две змеи обвиваются вокруг другой ноги. Другая девочка хватает первую змею за хвост и стягивает ее с Лины. Змея сердится и обвивается вокруг руки девочки. Подружка вскрикивает. Другие змеи отползают от Лины и заползают на девочку. Из канализации выползает еще больше змей и тоже ползут на них. Лина зовет на помощь, но никто не слышит.

Она поворачивается и видит, что на противоположной улице идет мужчина. На нем серое пальто и шарф. Она узнает своего отца, который бросил их, когда она была ребенком. Она пытается бежать за ним, но не может, ноги отяжелели, она с трудом ходит. На улице стало темно, её отца уже не видно из-за темноты. Тяжесть в ногах проходит. Она видит, что стоит перед своим домом, и забегает в дом позвать маму.

Мама стоит в кухне, думает, что приготовить и читает рецепт. Лина плачет, говорит маме о подружке и змеях. Мама говорит, что это глупости и спрашивает, как зовут подружку. Лина не помнит, и плачет еще больше. Лина пытается призвать маму помочь, ведь потом будет поздно, но та начинает её отчитывать, пытаясь внушить, что это вздор. Тут Лина понимает, что это не мама ругает ее, это она сама, взрослая, отчитывает себя ребенка, приняв на себя роль матери. Это приводит её в замешательство. Она перестает ругаться и смотрит на девочку, которую отчитывает. Это уже не она в детстве. Эта девочка перед ней очень грустная, у нее дрожит губа, из-за того, что на нее кричат, а кто эта девочка — она никак не узнает.

Лина совсем растерялась. Она говорит, что ей надо прилечь, у нее болит голова. Она идет в спальню, а незнакомая девочка плачет и кричит: «Не бросай меня! Они меня съедят! Ну пожалуйста!»

В ответ Лина тоже начинает плакать. Она не может смотреть в лицо этой девочке. Она падает на кровать и прячется под одеялом. Она слышит, как эта девочка всхлипывает и кричит: «Спаси меня от них! Пожалуйста!».

Лина пытается сказать, что ей так жалко эту девочку, но тут она понимает, что спит. Она находится то ли во сне, то ли наяву, но не может говорить ни там, ни тут. Пытается заговорить, уже наяву, но не может.

Она заставляет себя сесть и все же вскрикивает.

Она опирается на руку, и в следующую секунду понимает, что это был сон. Снова ложится и проводит ладонью по лицу. Сон постепенно забывается, и она решается подняться.

❧

Она осторожно встает с кровати у себя дома, в первое утро после выписки из больницы. Чувствуется, что ей уже лучше, но не сказать, что совсем хорошо. Вроде бы и сил побольше, но низ живота все еще тянет и болит. Она медленно направляется в кухню, стараясь держаться поближе к стене. Стены в квартире она покрасила сама в пастельные тона, а сейчас ей показалось, что, коснувшись стены, она испачкала кончики пальцев — показалось настолько явно, что даже отерла пальцы о пижаму.

Шаркая по коридору, она вспомнила, как тщательно красила эти стены. Было в этом что-то терапевтическое. Она работала в тишине, это было похоже на медитацию, наносила краску и чувствовала, как ее мысли словно смешиваются с краской и становятся частью стены. Спокойствие определяет ее дом. Она всегда, без колебаний, называла этот дом своим, в котором и стены помогают, ведь они словно ее часть, а для нее самой иметь дом всегда было очень важно.

Она заходит в кухню. Солнечный свет просачивается через окно и распространяется по всей кухне. Чувствуется, что чисто, без запаха хлорки или других чистящих средств. Она дотягивается до верхней дверки шкафа и пытается достать кофе с верхней полки. Этот кофе с Коста Рики — ее любимый, она варит его по случаю. Этот сорт не так легко найти, и она хранит его в глубине шкафа. От потягивания начинает болеть живот, боль отдает в левую ногу прямо до стоп. Она вскрикивает от боли, но все же достает кофе. Насыпает кофе в кофемолку, вздыхает. Живот снова прихватывает от боли. Она помолола кофе и нагнулась понюхать — насыщенный теплый запах. Из шкафа она достает другую банку — с цикорием. Она слегка принюхивается, зная этот мягкий запах. Достает чайную ложку и смешивает с молотым кофе. Берет бутылку с водой со столешницы и наливает воды. В струе отражаются солнечные лучи. В этом плеске воды есть что-то жизнеутверждающее. Она включает кофеварку и прислушивается, как эта кофеварка начнет пыхтеть и потрескивать, чтобы приготовить для нее чашку кофе.

Ожидая кофе, она достает кружку, из которой пьет по выходным — эту кружку подарил ей знакомый из Швеции пару лет назад. Она наливает в кружку немного молока и кладет туда кусок сахара. Кофе готов. Она достает кофейник — ее кофе машина варит почти на две чашки — и наливает себе в чашку. Какой знакомый этот звук — звук кофе, наливающегося в чашку. Это и успокаивает, и раздражает одновременно — как слова с несколькими непонятными значениями из языка, который она слышала всю жизнь, но никогда не понимала. Лина подносит кружку и слегка дует на кофе, добавляет свои звуки в беседу, в скучную музыку утра. Она делает небольшой глоток, ведь кофе еще горячий. Этот чудесный вкус — смесь кофе, цикория, молока и сахара. Возможно, эта какая-то химическая реакция или условный рефлекс, но ясность проносится по цепочке — от языка до головы. Она оживилась, и в гостиную идет уже смелее, но все же с осторожностью — держит чашку кофе.

Свой дом, а в особенности гостиную, она обставляла тщательно. Мебель в ее доме проста и функциональна, и классическая, и современная. Она предвидела все, что может понадобиться ей или ее редким гостям. Если вдруг у нее будут гости, она готова сделать все, чтобы они чувствовали себя комфортно. Она говорила себе: «У меня почти не бывает гостей, а если все же бывают, я хочу, чтобы они чувствовали себя уютно». По ее мнению, она отличная хозяйка — хотя обычно и не принимает гостей.

На ее диване и креслах в гостиной приятно сидеть. Около одного из кресел стоит маленький столик с лампой для чтения — она усаживает здесь гостей.

На этом столике всегда лежала подставка-салфетка для стакана с напитком, который она подаст гостю — или для себя, когда одна. На эту подставку она поставила свой кофе и осторожно села в кресло, размещая себя, словно утка, приглаживающая перья после воды. От этого кольнуло в боку. На столике лежал фотоальбом размером с книгу — в нем были собраны ее лучшие фотографии за несколько лет.

Ей нравились картины Эндрю Уайета, и в своих фотографиях она пыталась их повторить. На картинах он часто изображал думающих людей. Еще он рисовал призрачные пейзажи фермерских домиков, стен, окон и дверей. Следуя этому веянию, она фотографировала бездомных, пожилых — они были грустные и сидели по одному. Она также фотографировала старые двери, всегда закрытые, как часть застывшего пейзажа. Ей нравилось чувство одиночества от этих фотографий.

Немногие понимали эти фотографии. В основном гости пролистывали быстро альбом и говорили, что это мило. Иногда говорили, что они мрачные, и это ее обижало. Этот альбом с фотографиями, ее книга, содержит послание — то, что она хочет донести до своего гостя, до своего читателя. Может, эта часть ее скрытого желания иметь кого-нибудь, хоть кого-нибудь — одного вполне достаточно — кто бы мог услышать крик ее одиночества. Если бы только один человек увидел бы ее настоящую, понял бы и, возможно, полюбил, она, скорее всего, была бы счастлива и жизнь бы сложилась. Но никто не видел, и никто не понимал — так, по крайней мере, она это видела.

❧

Затем вдруг зазвонил телефон. Она отложила альбом, взяла телефон посмотреть, кто звонил, но отвечать не планировала. Это была ее приятельница, Лекси. Они вместе работали, уже много лет, Лина в финансовом отделе аналитиком, а Лекси — в отделе маркетинга. Обе пришли в эту компанию студентками на стажировку. Познакомились на семинарах. Когда Лина была на последнем курсе, Лекси помогла ей устроиться на стажировку в компанию, после чего она и получила работу.

Лекси пользовалась функцией автодозвона и не

клала трубку. По мнению Лины, она была настойчивой и чересчур дружелюбной. Поначалу Лина чувствовала себя обязанной Лекси за то, что получила работу в этой компании, но через несколько лет это прошло. Конечно же, Лина совсем не была настроена болтать с Лекси по телефону, но треск телефона отдавался внизу живота, отчего было еще больнее. Она не могла больше терпеть и взяла трубку.

Она не успела ничего сказать, как Лекси закричала в трубку: «Лина! Лина! Ты там? С тобой все хорошо? Это Лекси».

«Привет, Лекси. Да, я в порядке», — это была ее дежурная фраз всякий раз, когда ее спрашивали как дела.

«О Боже! Я знаю, что случилось», — заявила она. В воскресенье Лина отправила сообщение менеджеру по кадрам, что попала в небольшую аварию, и ей придется побыть в больнице пару дней. «А ребенок? С ней все в порядке?». Несколько недель назад Лекси заметила, что Лина странно себя ведет и немного поправилась, и Лина рассказала ей о своей беременности. Лина была худенькой, и любой лишний вес на ней был заметен и неестественен для нее.

«Ребенка я потерела», — сказала Лина сухим тоном.

«Нет! Какой ужас!» — крикнула Лекси. «Жалко как! Тебе должно быть совсем плохо. Я так сочувствую», — сказала Лекси. Любой мог сказать, что Лекси вот-вот расплачется, но Лина этого не заметила.

«Все нормально. Мне не плохо. У меня все хорошо»,

— сказала Лина несколько неуверенно.

«Неправда. Так быстро не может быть все хорошо», — отрезала Лекси. Только тут Лина поняла, что ей плохо. «От этого долго приходят в себя».

«Ну нет, правда. Нормально. Я не хотела ребенка», — сказала она в свою защиту. Она знала, что Лекси не отступится от своего сочувствия, если она не объяснит и не переубедит ее. «Не к месту бы это все было. Мне всего лишь двадцать восемь. У меня еще полно времени, чтобы родить детей… чтобы найти для них хорошего отца». Лекси терпеливо слушала, позволяя Лине выговориться. «С Мишелем, будущем отцом, мне было не очень хорошо. Ну сама подумай, какой из него отец? Нет, на эту роль он совсем не подходит — он сумбурный и безответственный». Она остановилась, ожидая, что Лекси скажет что-нибудь, но та молчала. Лина вздохнула и потом сказала: «Мне жалко ребенка, но это прояснило ситуацию».

«Ничего подобного! Я ничему этому не верю», — Лекси наконец-то заговорила. «Меня ты не обманешь. Ты хотела этого ребенка, и была рада, когда узнала. Я видела, как ты радовалась всякий раз, когда об этом говорила». Лекси вздохнула. «А теперь у тебя просто нет сил».

Лина не знала, что ответить. Она пыталась сформулировать ответ, чтобы защитить себя, но Лекси попала в точку, и Лина не могла найти слов, а лишь издала какие-то звуки в ответ.

«А почему ты мне не позвонила? Когда это случилось?» — спросила Лекси, которая уже выпустила всю критику на доводы Лины.

«Случилось это в субботу вечером», — ответила Лина, почувствовав некоторое облегчение, что ей больше не придется оправдывать свои чувства.

«Уф. А я до сегодняшнего утра ничего не знала. Я вчера утром звонила тебе, когда ты еще не пришла, но никто не ответил. Я думала, что ты укатила куда-нибудь с Мишелем и прогуливаешь работу. Пришлось утром спросить в кадрах — от этой мымры Гамильтон ничего не добьёшься. А девчонка из ее отдела сказала мне, что ты в больнице. Зря ты мне не сказала, я бы к тебе в больницу пришла». Лекси всегда так говорила, всегда предлагала что-нибудь хорошее.

«Спасибо тебе, но все хорошо. За мной хорошо смотрели», —объяснила она Лекси.

«Это понятно. Родители наверно были, и Мишель», — тон Лекси смягчился, — «но мне бы все равно хотелось прийти». Лина поблагодарила и сказала, что она порвала с Мишелем. «А я знаю. Он сказал мне, что ты хочешь с ним порвать».

«Ты что, звонила ему?» —Лина удивилась.

«Да, я забеспокоилась, и не знала, в какую больницу тебя отвезли», — объяснила Лекси. «Насколько я поняла из его слов, ты не хочешь с ним видиться».

«А что он еще сказал?», — спрсосила Лина, а затем добавила уже более спокойно. «Хотя не важно. Мне все равно».

«Ну, он расстроен», — быстро ответила Лекси.

Ничего подобного, он совсем не был расстроен, и Лина не поверила этому. «Я потом позвонила в больницу чтобы сказать, что я приду, но там ответили, что тебя уже выписали».

«Да ничего. Я не хотела, чтобы ко мне ходили толпы», — ответила Лина. «Но спасибо за участие».

«Ох.. Ну и сложно с тобой», — вздохнула Лекси и продолжила. «А сейчас-то как себя чувствуешь? Сильно болит еще?».

«Немного болит, но все в порядке. Спасибо, что спросила», —вежливо ответила Лина.

«Я еду к тебе!» — заявила Лекси.

«Нет, нет, не надо. Пожалуйста, не надо», — взмолилась Лина, - «я собиралась поспать».

«Я приду и помогу тебе», — ответила Лекси, злясь на себя, что только позвонила, а не пришла домой к Лине. Она не пошла, поскольку знала, как Лина не любит незваных гостей.

«Нет, у меня все хорошо. Мне просто надо отдохнуть. В четверг я уже на работу выйду».

«Так быстро? Не глупо ли?» — спросила Лекси.

«Да нет, мне гораздо лучше. А к тому времени совсем окрепну, и увидимся на работе через пару дней».

«Вообще, не выношу, когда ты вот так вот блокируешь меня. Ладно. Спи давай. Но если что — звони».

«Позвоню. Спасибо», — спокойно ответила Лина, радуясь, что избежала гостей. Они попрощались и повесили трубки. Лина вздохнула, и прежде, чем положить трубку, немного придержала ее. Ее пугала встреча с Лекси и остальными коллегами на работе, но жизнь продолжается.

❧

На следующее утро, на третий день после выписки из больницы, она решила заняться детской одеждой и вещами, которые прикупила. Купила немного, несколько вещичек — распашонку, ползунки, платьице, погремушку и маленькую ложечку с резиновым наконечником на ручке в форме Минни Маус, шапочку с надписью «Мамина принцесса». Она знала, что было глупо закупать вещички на таком раннем сроке, но втайне она очень радовалась, что у нее будет ребенок.

Она разложила эти предметы на обеденном столе, на котором стоял букет цветов, который ей прислал начальник. Она грустно улыбнулась. Затем достала бумажный пакет, без надписи или эмблемы, и аккуратно начала складывать туда одежду. Завтра она передаст это в дом малютки, может пригодится какому-нибудь бедному малышу.

Складывая вещи, она подумала, может ли ребенок, новорожденный, считаться бедным. Что для ребенка деньги? Все же лучше отдать их в детский дом, ведь она не собиралась рожать ребенка — по крайней мере, не скоро. Она дала себе зарок не заводить отношений в ближайшие два года.

Положив сверху шапочку в пакет, она вдруг

подумала, что однажды может увидеть ребенка в этой шапочке, и в каком-нибудь парке незаметно сфотографирует этого ребенка и разбитую бедностью мать, и на том ребенке будет шапочка, и, наверное, его покормили пюре с ложечки Минни Маус. Ее воображение совсем разыгралось и она представила, что возможно в этой девочке она увидит реинкарнированный дух дочери, которую потеряла. Она резко прервала эти мысли и напомнила сама себе, что не верит во все это. Ложечка и погремушка отправились в пакет.

Она начала заворачивать пакет, но на минуту остановилась. Открыла пакет и достала ложечку. Она решала оставить эту ложечку, как что-то, принадлежащее ее дочке, хотя ее дочь никогда не держала и не использовала ее. Это была ложечка её дочери. Это дань уважения ей. Но что-то еще было в этом решении.

Хотя она и не думала завести ребенка, ей начала нравиться мысль, что у нее будет дочь. Она бы любила ее всей душой. Они бы стали самыми лучшими друзьями. Может, она бы и не вышла никогда замуж и у нее бы не было лучшего друга, или даже настоящих подруг, но у нее была бы дочь, которую бы она любила, и которая, быть может, любила бы её в ответ. Они были бы как те «Девочки Гилмор» — ей всегда нравился этот сериал. Когда она в детстве смотрела первые серии, то воображала себя младшей дочерью, Рори: она была несколько похожа на Рори — такая же простая красота, такая же умненькая и здравомыслящая. Лина хотела быть другом своей дочери, и думала, что никто и никогда её у нее не отберет. И пусть она теперь физически потеряла дочь, еще до ее рождения, она не отпустит свою мечту, свою надежду.

Она оставит ложечку с Минни Маус, и будет хранить ее под рукой, чтоб кормить надежду, чтобы однажды, пусть и годы спустя, ее дочь вернулась к ней, но не в обличье чужого ребенка — её дочь никогда бы не вернулась к ней так — но её дочь, которая будет с ней и они будут всегда вместе. Это, решила она, была ее вера, её религия.

❦

Линин медитативный день прервал стук в дверь. Она не ждала гостей. Сначала подумала, что Лекси все же пришла, несмотря на то, что раньше согласилась дать ей отдохнуть. Она посмотрела в глазок. Это точно была не Лекси. Девушка за дверью была ниже ростом, со светлыми волосами, она не узнавала её, да и вид через глазок был искажен. Открыв дверь, она спросила: «Здравствуйте! Вы что-то хотели?».

«Здравствуйте, Лина! Как дела?» — спросила девушка с беспокойством и заботой во взгляде. Девушка была привлекательной, чем-то напоминала Мерлин Монро в молодости. Лина озадаченно посмотрела на нее. «Вы меня не помните? Я Джоанна. Мы встречались в воскресенье утром в больнице».

Теперь, когда Лине дали контекст, она вспомнила. «Да, теперь припоминаю. Простите».

«Отлично. Можно войти?» — спросила она с

улыбкой.

«А да, конечно», — сказала Лина не подумав. Когда девушка прошла в квартиру, Лина спросила: «Вам нужно что-то конкретное?».

Девушка щебенящим голосом ответила: «Я просто хотела узнать, как вы себя чувствуете». Она остановилась на пороге и осмотрелась, где бы присесть. Она повернулась к Лине и сказала: «Можно присесть и поговорить несколько минут?».

«Вообще-то, я несколько устала. Время не подходящее», —сказала Лина, все еще не закрывая дверь. Она была не в настроении рассказывать незнакомцам, как она себя чувствует. Тогда в больнице, когда эта девушка пыталась с ней заговорить, ей удалось от нее отбиться. Эта Джоанна сказала, что пишет кандидатскую диссертацию, изучает эмоциональное состояние женщин, потерявших ребенка в первом триместре беременности. «Послушайте, а кто дал вам мой адрес? Почему вы пришли сюда?».

«Ваш адрес был в медицинской карточке. Я вас в больнице спросила, можно ли вас навестить через несколько дней», — объяснила Джоанна, — «вы ответили, что никаких проблем».

«Правда?». В тот раз Лина согласилась просто чтобы отвязаться от нее. «Но вам стоило бы позвонить предварительно».

«Я пыталась, но вы не брали трубку», — сказала Джоанна в свою защиту. «Я забеспокоилась, вдруг что-то не так, и пришла». Она улыбнулась Лине и повернула голову в сторону гостиной и сказала: «Присядем ненадолго?»

Лина кивнула в ответ с неохотой и закрыла дверь. Она последовала за Джоанной в гостиную. Джоанна села в менее удобное кресло, на спросив разрешения. Лина не стала предлагать ей сесть в более удобное, и не стала предлагать выпить. Она не хотела, чтобы та оставалась надолго.

Однако у Джоанны были другие планы. Из сумки она достала планшетку с ручкой. На планшетке она перевернула лист и вверху написала имя Лины и время разговора. Вкратце она указала и место: улицу, где жила Лина, и дом «опрашиваемого». С осторожностью Лина села в удобное кресло.

«Теперь», — заявила Джоанна, — «скажите, что вы чувствуете — эмоционально. Вам грустно, у вас депрессия, а может вы испытываете раздражение от той ситуации, в которой оказались?».

Лина вздохнула и раздраженно ответила: «Да, я испытываю раздражение».

«Хорошо. Это важно, что вы осознаете свое эмоциональное состояние и принимаете его», — сказала Джоанна, записывая слова Лины о чувстве раздражения. «Скажите, почему вы чувствуете раздражение? Вы сердитесь на себя за то, что произошла авария? На другого водителя? Или просто злитесь на жизнь?».

«Авария произошла не по моей вине», — заявила Лина.

«Ага. Тогда вы злитесь на другого водителя, который стукнул вас», — она сказала, записывая в планшетку.

«Никакого другого водителя не было. И я не была за рулем», — сказала Лина, все больше раздражаясь.

Это, казалось, привело Джоанну в замешательство. Она полистала страницы блокнота. «Насколько я помню, вы попали в аварию».

«Это так, но за рулем была не я. Мы врезались в дерево», —объяснила Лина.

«Теперь понятно», — сказала Джоанна, перелистывая назад страницы и мельком поглядывая на Лину. «И вы сердиты на того, кто был за рулем? А кто это был?» — спросила она.

Лина не хотела говорить кто. Она сказала: «Знакомый».

«Понимаю…Это было первое свидание?», — спросила Джоанна, делая пометки.

«Простите, но мне совсем не хочется обсуждать это с вами», — сказала Лина и встала, надеясь выпроводить Джоанну.

«Я знаю, что это тяжело обсуждать, но полезно — не только для вас, но и для моего исследования, которое может помочь другим женщинам, оказавшимся в похожей ситуации», — сказала Джоанна с надеждой и гордостью.

«И все же, я бы предпочла побыть одной», — честно сказала Лина.

«Я понимаю и уважаю ваше решение. Судя по этой комнате, вы цените прелести одиночества», — сказала она проведя рукой, в которой держала ручку, в воздухе, — «но у дружбы тоже есть прелести».

Лина закатила глаза, отвернулась и сделала несколько шагов ко входной двери, все еще надеясь, что Джоанна последует в этом же направлении. Когда Лина встала, Джоанна увидела фотоальбом на столике около места, где сидела Лина. Она встала, подошла к альбому и взяла его, разместив его на планшетку, которую все еще держала. Листая фотографии, она спросила: «Это вы фотографировали?».

Лина обернулась посмотреть, о чем она спрашивает. Ее несколько задело, что Джоанна смотрит на её фотографии, ведь для нее это было ценностью, но она не стала её останавливать и сказала: «Ну да, я».

«Интересно», — сказала Джоанна, рассматривая каждую фотографию. Она сидела в удобном кресле, поближе к свету. С особой тщательностью она рассмотрела фотографии старых дверей. Не отрываясь, она спросила Лину: «Можно мне чаю?».

Лина нервно кивнула головой. На этот раз ей не так то просто будет избавиться от этой дамочки. Она прошла на кухню и налила чаю. Она не потрудилась спросить, нужен ли ей сахар. Через несколько минут она вернулась и поставила чашку на подставку рядом с Джоанной, которая все еще рассматривала фотографии и успела написать много заметок, пока Лина делала чай. Лина попыталась подсмотреть, что она написала, но не смогла разобрать почерк сверху вниз.

«Спасибо», — сказала Джоанна, не отрываясь от фотографий, и даже не притронувшись к чаю.

Лина села в кресло напротив и ждала.

Одну из фотографий Джоанна рассматривала несколько больше, затем закрыла альбом, посмотрела на Лину и улыбнулась, ничего не говоря.

«Что такое?» — спросила Лина, не вынося эту слишком длительную улыбку.

«Ничего» — ответила Джоанна, пожав плечами.

«Ну если ничего, то я бы хотела отдохнуть» — сказала Лина, надеясь выпроводить ее. «Завтра я собираюсь выйти на работу и мне нужно отдохнуть».

Улыбка Джоанны перешла в усмешку. Она громко выдохнула. Она закрыла блокнот и сказала: «Хорошо. Я уйду. Но позвольте сказать вот что: я вижу, что вам плохо, и вы чувствуете одиночество». Лина ухмыльнулась. «Но у меня для вас есть предсказание». Джоанна остановилась и ждала, что Лина ответит.

«Какое предсказание?» — с неохотой спросила Лина.

«Все наладится», — сказала она, нагнув голову.

«Здорово», — сказала Лина с некоторой издевкой. Она терпеть не могла, когда люди говорили стандартные фразы, говорили одни и те же предсказания, но никогда не говорили, как именно все наладится. «Спасибо. Очень приятное предсказание».

Джоанна улыбнулась и промолчала.

Лина встала с кресла и сказала: «Не хочу показаться невежливой, но я очень устала. Перед тем, как вы пришли, я собиралась прилечь».

«Конечно», — сказала Джоанна, вставая. Она взяла сумку, которая стояла рядом с другим креслом. Уложив планшетку и ручку в сумку, она осторожно передала Лине альбом с фотографиями и сказала: «Спасибо, что согласились показать альбом. Интересные фотографии».

Лина не знала, как расценивать это замечание, а в особенности тон, с которым это было сказано, но она поблагодарила Джоанну, положила альбом на место, и они направились в прихожую.

Джоанна достала из сумки визитку, передала ее Лине и сказала: «Позвоните мне, если захотите поговорить».

Лина спокойно взяла визитку и сказала: «Спасибо, не стоит беспокоиться».

«Все же буду рада звонку. И, если можно, я бы зашла проведать вас на следующей неделе».

Лина сказала: «Спасибо, но в этом нет необходимости». Она открыла дверь и неожиданно в нее вошел Мишель.

«Привет, малыш. Как ты?» —сказал он.

«Что это ты пришел?» — с недовольством спросила Лина.

«Просто зашел проведать тебя». Он посмотрел на

Джоанну и, протягивая руку, представился: «Здравствуйте. Я Мишель, друг Лины».

Прежде, чем Джоанна смогла ответить, Лина сказала: «Бывший друг».

«Ого!» — воскликнула Джоанна, пожимая Мишелю руку и переводя взгляд то на Мишеля, то на Лину. Ей вдруг стало неловко, и она не знала, что сказать.

«Я знаю, что в воскресенье ты была не в себе, но сейчас-то ведь все прошло», — вопрошал Мишель.

«Нет, не прошло», — сказала Лина, все больше раздражаясь.

Он повернулся к Джоанне и сказал: «Простите, я не услышал, как вас зовут».

«Ах да, я Джоанна. Я из больницы, навешаю пациентов на дому проверить, все ли в порядке», — объяснила Джоанна, не уточняя, что она психолог, которая работает над диссертацией.

«Какая забота о пациентах! Знаете, я всегда говорил, что миру нужно больше заботливых докторов и медсестер», — сказал Мишель, смягчая свой тон. Джоанна улыбнулась. Он ей явно понравился. «Это просто необходимо. А вы доктор?».

«Так, довольно», — вмешиваясь, сказала Лина. «Я устала и хочу отдохнуть. Вам пора», — сказала она, посмотрев на Мишеля.

«Да, малыш, конечно», — сказал он с некоторым стеснением.

«Не называй меня так», — сказала Лина,

подталкивая его к выходу. Джоанна тоже направилась к выходу, боясь, что её выпихнут. «Стой!» — крикнула Лина. «Верни ключ от моей квартиры».

«Милая!» — Мишель попытался протестовать.

«Дай мне ключ!» — выпалила Лина.

«Ты уверена?» — спросил он заботливо. Она ответила, что да. Он взглянул на Джоанну и сказал: «Простите, что так все происходит. Для вас, должно быть, это так неловко». Джоанна сказала, что все в порядке, хотя ей хотелось уйти как можно быстрее.

Лина стояла с протянутой рукой, ожидая, когда он отдаст ключ. Мишель с неохотой достал ключ из кармана, снял его с дужки и протянул ей. Лина резко взяла ключ, стараясь не касаться его руки. Джоанна с беспокойством посмотрела на нее.

Больше никому из них Лина ничего не сказала. Она закрыла дверь, стараясь не хлопать, поскольку Джоанна еще не успела отойти от порога, повернулась и оперлась на дверь. Уходя от двери, она слышала, как Мишель извинялся перед Джоанной и предлагал вместе попить кофе, чтобы сгладить ситуацию. Лина даже не стала слушать ответа. Она шла по коридору, сомкнув зубы, направляясь в спальню, чтобы забыть обо всем. Что было совсем не легко.

Глава третья

Лина работала в деловом районе Филадельфии, на Маркет-стрит, недалеко от городской администрации, в большом бизнес-центре, на двенадцатом этаже. Несколько больших и престижных инвестиционных компаний, в том числе и та, в которой она работала, располагались здесь. Она гордилась тем, что она работает здесь, в этом районе и в этой компании. Ей не нужны были одобрения от других, ей нравилось, что ее способности и таланты признавались. Это давало ей утешение — знать, что она что-то значит в этом мире и другие об этом знают.

Окно офиса Лины выходит на маленький парк, и это доставляет Лине особую гордость. У Лины отдельный кабинет, хотя в этом филиале компании работают около пятидесяти человек. Еще у компании есть офис в Сан Франциско, и в Европе собираются тоже открывать представительства.

В свой первый рабочий день Лина надела простое, с коротким рукавом и кружевной окантовкой, хлопковое платье светло-серого цвета — очень скромно. Обычно к этому платью она надевала ремень, но сегодня решила не надевать — вдруг будет давить и заболит живот.

На двенадцатом этаже она вышла из лифта, глубоко вздохнула. Она успела выдохнуть до того, как ее успела заметить администратор — привлекательная девушка из Небраски, лет двадцати-двадцати пяти по имени Уэнди.

«Ой, Лина! Как ты?» спросила Уэнди проходившую мимо Лину. Ее приняли на работу три месяца назад, и они едва друг друга знали.

«Спасибо, хорошо», - ответила Лина, надеясь, что на этом разговор закончится.

«Я слышала, что ты попала в аварию. Тебя долго не было. Все хорошо?» спросила Уэнди.

Она не знала о беременности Лины. Знали только Лекси и ее начальник, Роджер Стринджер.

Лине было трудно поверить, что эта девушка-администратор действительно может ей посочувствовать. Казалось, ее больше интересуют записи в Фейсбуке и жизнь знаменитостей. Все же из вежливости Лина сказала: «Все хорошо. Синяки и царапины. Я тронута, что ты спросила».

«Наверно, мне стоит там зарегистрироваться, но это не мой стиль», — объяснила она Уэнди, но та нахмурилась. Лина не регистрировалась в Фейсбуке, потому что не видела в этом смысла. С точки зрения Лины, там, по большей части, одна бессмыслица. Она не хотела никому рассказывать об отпуске или о том, что делает каждый день, а о том, чтобы писать об аварии и потере ребенка не могло быть и речи. Даже если бы она и решилась написать об этом, любой ответ в виде аббревиатур, иконок для выражения эмоций, рассердили бы ее.

«Ну, теперь хочу поработать» — сказала она.

«Да, конечно» — сказала Уэнди, извиняясь и соглашаясь. «Да, чуть не забыла: Гамильтон просила тебе заглянуть к ней как придешь, до того, как пройдешь к себе. Уэнди передала ей записку на розовой бумаге, где говорилось тоже самое. Лина взяла записку и кивнула, слегка улыбнувшись.

Мисс Гамильтон была начальницей отдела персонала. Лина ее недолюбливала. Она не была плохим или трудным человеком. Лина просто не могла потеплеть к ней. Она была несколько мужеподобной, но не это раздражало Лину, а ее чрезмерная деловитость. Гамильтон настаивала, чтобы ее называли на «вы», и это раздражало Лину, ведь только с Роджером Стрингером она была на «вы» — и Лина знала, что он ценит этот знак уважения. Она подозревала, что эта такая языковая тактика со стороны Гамильтон, чтобы держать дистанцию между собой и всеми работниками офиса. Лину это выводило из себя.

Лина не спеша шла по коридору в кабинет Гамильтон, пытаясь не встречаться с людьми, но и специально не таясь. Она знала, что ей придется рано или поздно встретиться со всеми в офисе, и каждый захочет поделиться практическим советом или выразить сожаление или порасспрашивать подробности аварии. Ее бесило это. До того, как она дошла до кабинета Гамильтон, ей попались только четверо, и те лишь спросили как она себя чувствует — никаких вопросов про аварию. Очевидно, не все знали, что она попала в аварию и думали, что она была на больничном. Она отбивалась от них — благодарила их за заботу и говорила, что ее вызвала Гамильтон и она не может остановиться поболтать.

Мисс Гамильтон не было в офисе, только ее ассистент — та, с которой говорила Лекси. Ассистент сказала, что Гамильтон была в столовой, а Лине туда идти не хотелось. В это время там будет много людей — жаворонки щебечущие! Но ассистентка Гамильтон сказала, что сама направляется туда и проводит ее туда. Лина пыталась сопротивляться, но безуспешно. Ассистентка подцепила ее на крючок, и она даже подумать не могла, чтобы отказаться. Только войдя в столовую и увидев присутствующую там толпу, она поняла, что зря согласилась. Ассистентка направилась к кофе машине, а Лина осталась у входа и увидела Гамильтон, стоявшую спиной к ней.

В комнате всего сидело или стояло человек десять. Они (точно «жаворонки»!) улыбались, смеялись, хотя было начало девятого. Один-двое уткнулись в газету, но другие радовались началу дня. Лина никогда не радовалась по утрам. Но и «совой» она тоже не была. Она просто проводила свои дни ровно, в заданном темпе.

Когда ассистентка дошла до Гамильтон, то сказала: «Лина тут». Все увидели, как она вошла, перестали говорить и посмотрели на вход, куда указала рукой ассистентка.

«Лина, как ты?» спросил кто-то.

Другой спросил: «Ты сильно пострадала?».

Еще кто-то спросил: «Бедняжка! Это из-за пьяного водителя?».

Очевидно, в этом «клубе жаворонков» знали, почему ее не было на работе. Лину подвели в глубину комнаты, засыпая вопросами, расспрашивая, как произошла авария, пострадал ли еще кто-то, больно ли ей было, чья была вина, на ходу ли машина, и была ли страховка у водителя.

Лина пыталась на каждый вопрос ответить кратко, чтобы свести на нет и закончить эту групповую дискуссию как можно быстрее. Она не сказала, что в аварию попала не ее машина. Не сказала она и что за рулем был Мишель, что он был навеселе. Она не хотела, чтоб они вмешивались в ее личные дела. К счастью, никто из них не знал, что она была беременна и в результате потеряла ребенка. Это превратилось бы в невыносимую какофонию написанных в словаре слов выражения сочувствия: «бедная», «жалко», «ужасно», «сердце разрывается», «трагедия».

Спустя пару минут вмешалась Гамильтон, и Лина была ей благодарна за это. Она прервала этот допрос и сказала: «Простите, но нам с Демур надо кое-что обсудить до того, как она вернется к своем обязанностям». Она всегда всех называла по фамилии. «Сюда, мисс Демур», - сказала она, показывая на дверь.

Когда они вышли, комментарии продолжались. Лина лишь улыбнулась, когда Гамильтон ухватила ее за рукав и повела к выходу. Они шли по коридору, а комментарии и обмен мнениями все продолжались.

«Может, она в результате получит новую машину» - сказал кто-то. В ответ послушались звуки одобрения, показывая, что, возможно, это было бы наилучшим из результатов.

Еще один сказал: «А она не плохо выглядит. Вряд ли ей надо было отдыхать пол-недели», — поделился наблюдением другой, за чем последовало несколько звуков одобрения в ответ.

«Наверно, это ее вина. Она, наверное, выпила», - это был последний комментарий, который она отчетливо услышала. Звук их обсуждения резко прекратился, когда они зашли в офис Гамильтон и та закрыла дверь.

«Располагайтесь», - сказала Гамильтон, указывая на один из стульев для посителелей. Затем она обошла стол и села за него. Лина села, как и было сказано, но села осторожно, сжимая кулаки. Жесткое сидение было чересчур неудобным, учитывая ее травму.

«Ну, мисс Демур, как вы?» - напрямую спросила Гамильтон, словно учитель физкультуры в старших классах.

«Спасибо, хорошо». Она моргнула, расслабляя мышцы.

«Мы все сожалели, когда услышали об аварии. Я надеюсь, теперь все хорошо», - сказала Гамильтон с подчеркнутыми сочувственным тоном, сцепив руки в замок и облоктившись на стол.

«Спасибо, мисс Гамильто. Я признательна вам за

это».

«Вы уверены, что готовы так скоро вернуться к работе?»

«Да, я нормально себя чувствую. Спасибо».

«Хорошо. Вы молодая сильная девушка и тщеславная. Вы никогда не позволите вашей личной жизни мешать работе». Она на мгновение улубнулась, посмотрев в упор на Лину. Лина слегка улыбнулась в ответ. По сравнению с другими выражениями сочувствия, ей больше нравился этот холодный тон.

Гамильтон открыла папку на своем столе. «Теперь перейдем к делу».

«Хорошо. Что я должна сделать?».

«Вначале скажу, что, хотя вы и отсутствовали три дня, мы считаем только один

«Это весьма великодушно», — из вежливости согласилась Лина.

«Да. Мне только нужно, чтобы вы подписали эту форму, где говорится, что вы понимаете и принимаете как будут учитываться эти дни по нетрудоспособности». Гамильтон положила форму на стол и пододвинала её к Лине. Лина слегка наганулась, чтоб рассмотреть этот бланк, как почувствовала резкую боль в боку. Ей захотелось закрыть глаза, сделать вдох и на выдохе поглотить эту боль, но она забоялась, что это будет слишком заметно для Гамильтон. С трудом, она заставила себя не показать виду. Начальница отдела кадров положила ручку рядом с документом, которую Лина взяла чтобы подписать документ.

«Второй вопрос — подписать соглашение, где говорится, что ни компания, ни ее владельцы и руководители не заставляли вас возвращаться к работе в столь короткий срок», — сказала Гамильтон, положив перед Линой, сверху первого, второй документ, — «и в случае возникновения проблем, вы не будете обвинять компанию, её владельцев и представителей».

Лине захотелось закатить глаза, но она она удержалась. «Конечно», — вместо этого сказала она и подписала второй документ.

«Очень хорошо. На этом мы решили все вопросы», — беспечным голосом сказала Гамильтон, взяв документы и сложив их обратно в папку.

«Теперь, вы можете вернуться к своим обычным обязанностям», — сказала она с улыбкой.

«Спасибо, мисс Гамильтон», — сказала Лина, сжав подлокотники кресла, готовясь встать.

«Еще один момент — Стринджер просил вас зайти к нему. Пожалуйста, зайдите к нему сейчас», — сказала Гамильтон.

«Он уже вернулся из Лондона?» — спросила Лина.

«Да, вчера вечером», — почему-то с гордостью сказала Гамильтон. Гордость, должно быть, была тем, что начальник не стал брать выходной из-за разницы во времени.

«Хорошо. Я сразу же зайду», — согласилась Лина

с просьбой. Стринджер ей нравился.

«Хорошего дня», — ответила мисс Гамильтон в ответ.

Лина надеялась, что Гамильтон отвернётся, когда она будет вставать и не заметит, что Лине больно вставать, но Гамильтон не отвернулась, а Лина не могла скрыть, что ей больно вставать с этого кресла.

Увидев, что Лине больно, Гамильтон отвернулась к экрану и притворилась, что проверяет почту. Эти документы о непричастности компании уже были подписаны, и свидетельствовать обратное ей не хотелось.

Лина повернулась и медленно вышла из кабинета Гамильтон. На входе столкнулась с ассистенткой, которая несла почту для Гамильтон. Асситентка приветливо улыбнулась Лине. Та в ответ тоже изобразила подобие улыбки.

Начальнику Лины, Роджеру Стринджеру, было около пятидесяти пяти лет. Он был высок и слегка тучен в талии. У него были светло коричневые прямые волосы - всегда зачёсаны назад. Ему требовалось всегда носить с собой расческу, чтобы выглядеть опрятно — он использовал именно это устаревшее слово. Он вообще любил использовать такие слова, говорить старомодно. Он мог сказать что-то типа: «Прошу прощения, если был резок с вами нынешним утром. Я был в дурном расположении духа». При написании электронных писем он использовал британский вариант английского, ведь старомодный английский был частью того, что составляло его шарм.

Лина им восхищалась. Для неё он символизировал отца, который ушёл, когда она была ещё маленькая, а второй муж мамы не смог эмоционально заменить ей отца. Роджер тоже относился к ней как к дочери, хотя у него и было двое взрослых родных дочерей. Именно поэтому Лине всегда хотелось, чтобы он похвалил её, чтобы она могла впечатлить его. Это было одной из причин, почему она старалась и добивалась успехов в работе — чтобы он её похвалил, а он никогда не забывал её похвалить, а она не хотела его разочаровать.

Когда Лина забеременела, она боялась, что он плохо подумает о ней. Но ничего подобного. Её начальник узнал, что она в положении за день до того, как произошла авария, накануне своего отъезда в Лондон.. Он узнал даже раньше мамы — ведь ей она собиралась сказать только в воскресенье. В отличии от мамы, он всегда её поддерживал — вот и на этот раз поздравил ее, как только узнал.

Лина завернула за угол и попала в поле зрения Роджера Стринджера, он увидел её через стеклянные перегородки своего кабинета. Он сидел за столом переговоров и беседовал с двумя другими мужчинами. Хотя Лина имела дело с большинством клиентов, этих двух она не узнала. Роджер что-то сказал им, наверное извиняясь, что придётся прерваться. Затем он открыл дверь, как раз, когда Лина подошла к ней. Она тепло улыбнулась ему.

«Лина, как ты?» — спросил он, дотронувшись рукой

до её плеча.

«Я в порядке — уже лучше. Спасибо», — ответила она.

Он печально кивнул, его губы были плотно сжаты — как будто он сдерживал себя не заговорить в присутствии других. Он повернул к поситетилям и сказал: «Прошу прощения, джентельмены, мне нужно прерваться». Они выглядели несколько растерянными, когда он жестом попросил их выйти. «Моя помощница позаботится о вас. Хэлен!» — сказал он и отвернулся от двери.

«Да, сэр» — откликнулась помощница из своей стеклянной полукомнаты.

«Проводите пожалуйста гостей в переговорную, дайте им кофе, печенье и все, что они пожелают.»

«Конечно», -послушно ответила она.

Стринджер повернулся к гостям, которые выходили из офиса с несколько обескураженным видом. «Прошу прощения. Мне нужно лишь несколько минут. Я к вам вернусь очень скоро, и мы сможем все обсудить», — сказал он с добрым выражением лица.

Они ответили, что все в порядке и не стоит беспокоиться. Они не лукавили. Его обаятельный взгляд, обходительный разговор помогали сгладить любую ситуацию, а ему —выйти из неё победителем.

«Спасибо», — сказал он и плавно закрыл дверь за посетителями, оставшись вдвоём с Линой. «Лина, сядь пожалуйста». Он проводил её к креслу, на котором только что сидел один из посетителей. Он пододвинул к ней кресло и придержал ее за локоть, чтобы Лина могла медленно и безопасно сесть. Он чувствовал, что ей больно. Ему тоже несколько лет назад делали операцию в нижней части брюшины — на желчном пузыре. Но и её боль он тоже чувствовал. Ему была не чужда эмпатия. «Лина, как ты себя чувствуешь, только скажи честно?» начал он разговор, присаживаясь рядом с ней.

«Хорошо, правда хорошо. Мне тяжело забыть аварию, и то, что было потом, но чувствую я себя хорошо», — объяснила она. «На следующей неделе мне надо в больницу, но скоро я совсем поправлюсь». Ей претило распыляться о своих проблемах, но с ним она была более откровенна, чем с другими.

«Хорошо. Понятно. А с ребёнком что?» — спросил он гораздо более тихим голосом. Лина печально покачала головой. «Потеряла?» — спросил он с печальным выражением лица. Она медленно кивнула, не поднимая взгляда. «Как же плохо все. Мне очень жаль. Это трагический поворот событий».

«Спасибо за сочувствие», сказала она, сдерживая слезы.

Он глубоко вздохнул и затем спросил: «А эмоционально, как ты?»

«Ну, с этим сложнее». Ему она не могла лгать, она могла лишь избежать ответа, если только он не будет давить на неё.

«Могу себе представить», — сказал он, посмотрев на неё с беспокойством.

«Я не то, чтобы планировала ребёнка», — сказала Лина, пытаясь сделать потерю не такой страшной.

«И все-таки, как только процесс начался, даже если прошло только всего три месяца, ты должно быть чувствуешь потери», — сказал он добрым, утешающим тоном. Лина не могла ответить, она лишь печально кивнула.

«Жаль, что я не мог приехать из Лондона, когда ты была в больнице. И эту дурацкую голосовую почту я проверил только вечером в понедельник. Тебя ведь тогда уже выписали?»

«Да, в понедельник утром я уже была дома. Но все нормально.»

«Нет, не нормально. Я пытался позвонить на домашний, но, наверно, ты отдыхала и не взяла трубку».

«Да. Извините, что не ответила», — сказала она. Когда он звонил, номер не определился, и она не поняла, что это звонил он, и поэтому не взяла трубку.

«Нет-нет. Не извиняйся. Это я должен извиняться, а не ты». Лина радостно улыбнулась. «А цветы пришли? Я отправил их в больницу, но поскольку тебя уже выписали, их должны были доставить тебе домой. Я указал твой домашний адрес как запасной».

«Да, их доставили домой. Спасибо. И открытка очень красивая. Спасибо». Он написал: «Мне ужасно жаль, что так произошло. Пожалуйста, береги себя и помни, что ты не одна.». Она положила эту открытку в маленькую шкатулку, где хранились вещицы, которыми она дорожила». Ложечка с Минни Маус может тоже быть там, в этой шкатулке, но не скоро. Пока она носила её в сумочке.

«Пожалуйста», — сказал он, коснувшись её плеча. «Ты уверена, что готова вернуться к работе?»

«Да. Я уже использовала свои дни на больничный, а дни из отпуска брать не хочу», — сказала она, улыбаясь.

«Перестань. Мы не будем вредничать, если ты возьмёшь несколько дней на выздоровление», — сказал он строго.

«Я думаю, мисс Гамильтон может не согласиться», — заметила на это Лина.

«Да к черту её и её чертовы формальности»,— сердито крикнул он. Лине нравилось, когда он вёл себя так, когда он защищал её. «Черт возьми, компания принадлежит мне, и главный тут я. Если я скажу, что тебе надо оплатить больничный и не сокращать отпуск, то так оно и будет». Он вскочил. «Я немедленно ей позвоню».

«Нет, пожалуйста, не надо», — взмолилась Лина, протестуя. «Я правда хорошо себя чувствую. Я просто хочу вернуться к работе».

Он поднял трубку и уже собирался набрать отдел кадров. Лина вскочила, чтобы остановить его, но резкая боль остановила её.

«Ой!» сказала она, согнувшись, правой рукой держась за стол, а левую положив на низ живота. Она на минуту закрыла глаза. Стринджер положил телефон и подбежал к ней.

«Лина! Что случилось?»

«Ничего, все хорошо», — сказала она, — «я просто слишком резко встала и живот схватило».

«Господи, да тебе домой надо!» — запротестовал он.

«Нет-нет. Все хорошо. Мне просто нельзя резко вставать и резко садиться». Стринджер нахмурился. «Правда. Все хорошо. Не надо поднимать шум из-за этого», — сказала Лина покровительственным тоном, что поставило её в равное с ним положение.

Он ещё, словно непослушный мальчишка, пытался протестовать, но потом все же согласился. Хотя по отношению к Лине он занимал позицию отца, мальчишка внутри его всегда знал о превосходстве женщин. Он старался не показывать это, но имея жену и дочерей, и в такие моменты, как сейчас с Линой, у него не получалось уйти от этого.

Боль утихла, и Лина поблагодарила его за заботу. Сказала, что пойдёт к себе и поработает.

«Ладно. Но если что-то потребуется, скажи мне», — сказал он, все ещё неохотно. Когда она выходила, он придержал ей дверь.

«Обязательно. Спасибо», — сказала она, тепло улыбаясь.

Когда Лина шла по коридору, то услышала, как Стринджер сказал: «Хелен, зовите эту компанию сюда».

«Да, сэр», — сказала Хелен. «Уже идут». Она

быстро пошла за ними.

Он стоял в дверях и смотрел Лине вслед, пока она не повернула за угол. Он очень беспокоился о ней. Некоторые, подобные мисс Гамильтон сказали бы, что его чувства, в особенности к сотрудницам, являются показателями непрофессионализма. Но его, джентельмена старой школы, это мало беспокоило. Если в нем взыграли отцовские чувства к девушке, которая на него работает, то он отнюдь не намеревался отказываться от них. Он может и не показывать этих чувств — большей части для того, чтобы другие сотрудники не поняли, что у него есть фаворитка — но если он хочет, он будет заботиться о Лине.

Но причина была не только в его старомодности. Он чувствовал, что в глубине души Лине больно, хотя он и не знал, что послужило причиной этой боли. Он понимал, что Лине было трудно довериться кому-то, что она всех отталкивала. Поэтому он и не собирался отталкивать Лину — даже если на зло этой чванливой начальнице отдела кадров. Он вздохнул и подошёл к своему столу.

☙

Сев за стол, Лина успокоилась — по крайней мере, на какое-то время. Это был её дом вне дома. Свой стол, как и дом, Лина содержала в порядке. Она никогда не допускала завала бумаг на столе. Если она что-то заканчивала, она откладывала это, прежде чем приступить к чему-то другому. Она не верила в возможность делать несколько дел одновременно, считая это неэффективным способом работы. Она хорошо делала своё дело. Будучи финансовым аналитиком, она полагала, что это ремесло требует точности и аккуратности.

Компания специализировалась на управлении инвестициями, она имела дело с богатыми инвесторами, компаниями, у которых были лишние средства и договорные инвестиции. Её работы была делать прогнозы для клиентов на основе финансовых данных. Её прогнозы были более достоверными, если её расчёты и другие аспекты работы были тщательно выполнены. Если будут ошибки в числах, на основе которых она делает свои прогнозы, они потеряют доверие клиентов. Этого она допустить не могла.

Что касается личных отношений с коллегами, то Лина была закрыта для многих — особенно для тех, с кем работает. Все же ей не составляло проблемы выступать перед группой людей, когда она представляла свои прогнозы. Когда она была в своей стихии, она была смелой и уверенной. Она как будто была другим человеком, и её саму это поражало. Когда она вела переговоры с клиентами, она могла говорить хоть с сотней людей сразу. Когда она говорила языком чисел, количество слушающих не имело значения. Ей нравилось ее работа.

Она поправила все предметы на столе. Её не было лишь несколько дней, и только уборщица притрагивалась к её столу. Поэтому все было точно так же, как когда она ушла. Все же, она поправила органайзер, степлер, маленькую стеклянную коробку со скрепками и резинками, повернула компьютер.

Единственным личным предметом на столе была рамка с фотографией, которую она сама сделала. Всякий, кто подходил к её столу, мог подумать, что в этой рамке будет фотография друга, члена семьи, или даже собаки из детства. Но это было совсем другая фотография - фотография старого дома с двумя закрытыми дверьми. Эту фотографию она сделала в одном городке на севере Италии, куда ездила летом с группой своих университетских друзей.Лекси поехать не смогла, поэтому ей не с кем было провести время.

Как-то на выходных она села на поезд и доехала до города на границе Италии и Швеции, а потом на автобусе добралась до одного местечка в горах. К удовольствию Лины, никто из друзей к ней не присоеденился и никто из местных жителей с ней не общался, поскольку никто из них не говорил по английски, а Лина ни слова не знала по итальянски. Эти деревянные двери ей понравилась, она сфотографировала их, а теперь смотрела на фото всякий раз, когда чувствовала, что мир слишком большой, или когда ей было грустно.

Она открыла нижний ящик стола, куда она клала сумку, пока была на работе. Но сначала она достала телефон из сумки и положила его на стол. Она взяла с собой ложечку Минни Маус. Она немного подержала её в руках и подумала о ребёнке, которого потеряла.

Когда она забеременела, то у неё появилась цель в жизни, основная причина, почему надо работать, почему надо терпеть. Неожиданно, все, что она делала, она стала делать для дочери. Теперь, когда дочери не стало, цели тоже нет. Это было странно. До того, как она случайно забеременела, у неё не было цели жизни как таковой, но это её не беспокоило, и ей даже нравилась эта жизнь, она просто не замечала, что смысла нет. Возможно, она думала, что этот смысл есть, и есть намерения, но они для неё были незначительными, а только причиной проживать день за днём. Когда она поняла, что у неё будет дочь, это вдруг все обесценилось до такой степени, что она не помнила, что для неё было важным.

Что же для неё важно сейчас? Ради чего жить? Чего ей теперь хотеть от жизни? Разве может что-то ещё быть более важным? Нет, депрессией она не страдала, чтобы там не говорила эта аспирантка из больницы. Просто теперь она ясно представила свою жизнь. В исследовании этой Джоанны этого быть не могло.

Об этом размышляла Лина, держа в руках ложечку с наконечником с Минни. На лице Лины была спокойная улыбка. Все же она решила держать эту ложечку в сумке, а мысли при себе — чтобы никто не подумал, что она страдает послеродовой депрессией. Она подумала о своих сослуживцах. Все же хорошо, что они не знали о ребёнке. Они бы подумали, что это сломило её, они бы стали утешать её, косо смотреть на неё, что было бы нелепо — ведь с ней все хорошо. Нет уж, свои мысли она оставит при себе. Ей никто не нужен. Не нужны ей эти люди, которые делают вид, что они друзья, и что она им не безразлична. И уж тем более она не хотела довериться тому, кто проявлял такую неискреннюю заботу.

Она спрятала ложечку во внутренний карман

сумки — так она не испачкается, и никто её не увидит. Наверно, надо какой-нибудь платок или чехол, чтобы завернуть ложечку. Она подумает об этом потом, а сейчас положит сумку в нижний ящик.

Компьютер включился, она начала работать — как будто и не было этих нескольких дней, но не так, будто в её жизни не было ребёнка. Стуча по клавишам, она поняла, что ребёнок жил в её сердце, и это всегда будет так. Её восприятие прошлого, её воспоминания уже сказались на том, что происходит сейчас — и ещё долго будут сказываться.

❦

На следующее утро, около половины десятого, Лекси вбежала в офис к Лине. Она обычно опаздывала на работу, но поскольку она была хорошим сотрудником, никто этих опозданий не замечал — за исключением мисс Гамильтон.

«Лина!» — воскликнула она прямо с порога.

Лина подняла голову и улыбнулась. «Доброе утро, Лекси» — сказала она.

Очевидно, Лекси ожидала другого ответа, поскольку она снова воскликнула:«Лина!»

«Что?» — спросила Лина.

«Иди сюда!» — сказала она, наклонившись вперед всем телом, но не отрывая стоп —как будто стопы прилипли и мешали ей пойти.

Лина нахмурилась. Лекси собиралась её обнять. Лина знала, как Лекси любила обниматься, чего сама

Лина не переносила. За время дружбы ей удалось свести до минимума эти дружеские объятия — только по особым случаям. Сегодня, она знала, будет как раз тот случай, которого не избежать, и ей никак не переубедить Лекси в обратном. Она отодвинулась на кресле от стола, благо оно было на колесиках. Осторожно поднялась с кресла, придерживаясь за подлокотники, как будто боясь соскользнуть и упасть. Лекси это заметила и поторопилась поддержать её.

«Ой, прости. Всё нормально?» — спросила Лекси, не особо надеясь на честный ответ.

«Да, все хорошо», — выпалила Лина в ответ, смотря вниз на ноги. Она встала и повернулась к Лекси.

Лекси обхватила руками Лину, хотя руки Лины были вдоль тела. Лекси уже и не ждала ответных объятий. Лина согнула локти и слегка похлопала Лекси по пояснице. Лекси же старалась не особо сильно обнимать Лину, чтобы швы не разошлись, но все равно объятие продлилось дольше обычного. Лина терпеть не могла объятий. Лекси же без них жить не могла и все время настаивала на них. Она обнимала до тех пор, пока Лина не отталкивала её, или пока Лина не сдавалась. Лекси чувствовала это — в это время напруженные мышцы Лины слегка расслаблялись, но и в этот момент Лекси не опускала, а держала несколько секунд. Затем она делала выдох и обнимала сильнее. Лекси была просто принцессой объятий, а Лина, несмотря на свою неприязнь к ним, все же не отрицала их лечебного действия.

Лекси продолжала обнимать её, а Лина стала пытаться освободиться. Она больше не могла сдерживать дыхание. Лекси же стояла на своем. «О чем она только думает?» —подумала про себя Лина. Вдруг её мысли переключились на ребенка, которого она потеряла. Если бы у неё родилась дочь, Лекси бы возилась с ней, просила бы называть её тётя Лекси. При этой мысли Лина улыбнулась. Глаза её были закрыты. Вдруг — совершенно неожиданно — она заплакала. Она словно попала в ловушку. С того момента, как это произошло, она не могла плакать, просто не чувствовала в этом потребности. Да она и не ожидала, что заплачет — и уж точно не на работе. Но слезы катились из глаз. Она всхлипнула.

«Знаю, милая, знаю», — сказала Лекси с теплотой в голосе. Она провела ладонью по спине Лины. Лина нагнула голову, пытаясь уткнуться в плечо Лекси и скрыть слезы. Лески не отпускала её. Затем на лестнице послышали голоса. Говорили явно не о ней, но это отрезвило её. Она оттолкнулась от Лекси, склонила голову и посмотрела вниз. Не оборачиваясь, она прошла к своему столу и открыла боковой ящик, где она держала салфетки. Взяла салфетку и вытерла слезы. Лекси тихо сказала: «Со временем все пройдет»

Лина наклонила голову и слегка вытерла нос.

«Ладно, Лин, я пожалуй пойду», —спокойно сказала Лекси. Лина снова кивнула. «Но я рядом». Лекси пристально смотрела на Лину, пытаясь поймать её взгляд. Ей очень хотелось встретиться с Линой глазами.

Лина снова устроилась за столом. На этот раз ей не пришлось опираться, чтобы усадить себя, ведь её мышцы были расслаблены. Она смотрела на фотографию с деревянными дверьми, ни о чем не думала, ничего не хотела. Стала резко вдыхать воздух, как будто до этого долго не дышала, словно была в забытьи. Может, она и правда не дышала? Она с усилием выдохнула. Пододвинула стул поближе к компьютеру и начала работать. Впервые за эту неделю Лина чувствовала себя отдохнувшей.

Глава четвертая

Каждое воскресенье Лина была обязана приезжать к маме и её мужу. Эти визиты Лине претили. Она чувствовала, будто мама уже давным-давно сделала свой выбор в пользу своего мужа. Не то, чтобы тут надо было принимать чью-то сторону, но казалось, что мама со своим мужем были против Лины, даже в тех случаях, к которым мамин муж не имел никакого отношения. Мама боялась рассердить его, не угодить ему, она боялась потерять его. В конце концов, она потеряла уже одного мужа, второго она терять не хотела.

Мама Лины боялась остаться одна. Несколько лет она и вправду была одна, еще когда Лина была маленькой. Это было нелегкое для нее время, и она боялась, что это повториться. Лина поняла это, когда подросла, но все же не могла понять, почему маму это пугало. Мама не была одна тогда — у нее была она, Лина. Как понимала Лина, это не считалось, поскольку мама чувствовала себя одинокой без поддержки настоящий друзей, как она их называла, или без поддержки семьи. Это, как полагала мама Лины, было печально.

В это воскресенье, когда прошла всего неделя после операции, она подумывала о том, чтобы не ехать к маме. Но, как только Лина намекнула, что не очень хорошо себя чувствует и, возможно, не приедет, маме это не понравилось. Она не любила, когда что-то идет не по расписанию. «Твоему отцу это не понравится» — сказала она.

«Но я недавно из больницы», — парировала Лина.

«Глупости», — с упреком сказала мама. «Неделя прошла. Ты разве еще не вышла на работу?»

«Да, но...» начала Лина.

«Значит, и приехать можешь. Не маленькая», — выпалила мама. «Я надеюсь, что ты приедешь во время и в хорошем настроении. Я не хочу, чтобы твой отец жаловался потом, что ты не дружелюбна. Все таки живу-то с ним я. Тебя это мало заботит, конечно, но для меня это важно».

Мамин муж часто на это жаловался, говоря что-то типа «Я не думаю, что ей нравлюсь. Не думаю, что ей нравится к нам приезжать». В глубине души он был не уверен в себе, и он чувствовал, как люди относятся к нему. Эти его замечания в какой-то мере оправдывали сами себя. Он чувствовал, что Лине неприятно его общество, поэтому он не особо церемонился с ней, что соответственно вело к тому, что она не хотела приезжать, что проявлялось через жесты и замаскированные комментарии, которые он правильно интерпретировал, что и подтверждало его подозрения.

Чтобы защитить его чувства, которые часто задевали, и угодить своей маме, которая часто беспокоилась об этих его чувствах, Лина приезжала на обед в их дом на севере-западе Филадельфии, спустя неделю после потери ребенка, и все еще восстанавливаясь после операции. О её чувствах, как физических, так и эмоциональнтых мало кто заботился. Главное, чтобы муж её мамы был счастлив —или, по крайней мере, не обижен.

Эти еженедельные визиты начались, когда Лина получила диплом и переехала к себе на квартиру. Это родители предложили, чтобы она жила отдельно, раз у нее теперь есть работа. Муж её мамы считал, что это будет хорошей возможностью самой встать на ноги, понять, что такое ответственность. Лина, тем не менее, не могла не чувствовать, что от неё отказались. С другой стороны, никто не мог обвинить мужа мамы, что тот материально не помогает единственному ребенку своей жены. У него самого детей не было, и он только один раз был женат.

Без десяти двенадцать в воскресенье Лина вошла в дом мамы. Обед будет готов в районе часа дня, и если бы она не появилась за час до обеда, ее бы отчитали. Поэтому она приезжала примерно за час. Ей претило приезжать раньше времени обеда. Но она не знала, что если бы вдруг она приехала гораздо раньше, муж мамы стал бы жаловаться, что она нарушает его воскресное утро, единственное время, когда он спокойно может почитать «Филадельфия Инкуаер».

Лина вошла в дом с бокового входа. Мама готовила, и не сразу её заметила. Пахло очень вкусно. Пока ей еще не овладели эмоции, связанные с мамой и её мужем, пока мама не заметила, что она вошла, Лина просто вкушала этот аромат готовящейся еды. Ей было так хорошо в этот момент. Ее мама хорошо готовила. У нее все блюда получались? Ничто никогда не подгорало и не подсыхало, ничто никогда не было пересоленным или слишком жирным. Еда мамы всегда была потрясающей. Лина любила маму и обожала, как та готовит. Порой ей становилось грустно при мысли о том, сколько обедов она пропустила, сколько приятных моментов общения не случилось из-за того, что они отдалились. Порой она чувствовала, что тоже виновата, и старалась пойти навстречу и улучшить отношения, все простить и начать заново. Но спустя несколько минут, мама намеренно отталкивала от себя Лину, как будто та её в чем-то разочаровала, как будто единственной задачей Лины было помочь маме угодить новому мужу. Если Лина в этом не помогала, то маме было тяжелее, в силу чего на нейтральную позицию она могла не расчитывать. Все, что Лина делала, классифицировалось либо как помощь, либо как проблема, но в основном, проблема. От этого Лине хотелось не приезжать вообще. Так и возникли только воскресные встречи за обедом.

«Привет. Я пришла», — сказала Лина, раз мама не слышала, как та вошла.

Мама повернулась, улыбаясь. «Хорошо», — сказала она и повернулась к плите. Лина положила сумку на столик сбоку - ближайшее место к двери. «Иди поздоровайся с отцом», — как обычно проинструктировала её мама. Лине очень не нравилось называть его папой.

Лина нахмурилась, но направилась в гостиную.Она не прошла и двух шагов, как мама сказала:«Не забудь спросить как у него дела и как прошла неделя».

«Да, конечно», —Лина знала сценарий, но мама постоянно напоминала ей об этом.

«И сделай одолжение пожалуйста — не говори о том, что произошло на прошлой неделе», — тихим голосом попросила мама. Лина обернулась, она была шокирована этой просьбой —как будто ничего не произошло.

Лина порой задумывалась — они её стеснялись, или же им просто было не интересно ни она сама, ни то, что происходит в её жизни. От неё требовали заботиться о мамином муже, но они сами о ней вообще не заботились. По правде говоря, им было все равно — они просто не понимали тех решений, которые она принимает, той жизни, которую она для себя избрала. Они не перешли ту границу, когда от родителя ребенка надо становиться родителем взрослого. Они не понимали, как надо общаться с ней на равных, а Лина не пыталась им в этом помочь.

«Доброе утро! Как дела? Как прошла неделя?» — сказала сразу же как вошла в гостиную, еще до того, как отчим её заметил. Лина мысленно поставила галочки напротив маминых инструкций.

«Ух ты! Я и не ожидал тебя сегодня увидеть», — сказал он. Лину это позлило. Он часто говорил фразы любезности, но был ли он ли он любезным на самом деле? Лина сдержано улыбнулась, жалея, что не отстояла своего решения не приезжать сегодня.

«Все хорошо», — сказал он, снова уткнувшись в

газету, —«Спасибо». — И продолжил чтение.

Лина хотела выйти из комнаты, выйти из дома и уехать к себе. Но она знала, что конец беседы еще не наступил. Она постояла в двери.

«Когда ты выходишь на работу?» — спросил он, не отрываясь от газеты.

«Я уже вышла. В четверг. », — ответила Лина.

«Хорошо», —сказал он. Прошла еще минута. Ожидая продолжения диалога, она осмотрела комнату. Он повернул страницу и сказал: «Почему тебе не пройти на кухни и не спросить маму, нужна ли ей помощь? Я как раз закончу до обеда читать статью».

Лина кивнула головой в знак согласия и медленно направилась в кухню.

Как только она вошла в комнату, мама спросила: «Ты поговорила с папой?»

«Да», — сказал Лина несколько раздраженно, ожидая стандартный набор вопросов.

«Ты спросила, как у него дела? Спросила, как прошла неделя?»

«Да, спросила», —ответила Лина.

«Ты нормально спрашивала?»

«Да, нормально», — заверила её Лина.

«Ты правда вежливо спросила? Потому как я тебя знаю — говоришь, что надо, но таким невежливым тоном…»

«Я вежливо спрашивала», — Лина протестовала.

«И что он ответил, когда ты спросила как прошла неделя?» — мама продолжила допрос.

«Ничего», — ответила Лина. «На этот вопрос он не ответил. Сказал только, что все хорошо».

«Тогда вернись и спроси его еще раз —я прошу», — попросила мама.

«Нет. Я не пойду и не буду спрашивать» — с вызовом ответила Лина.

«Почему ты так себя ведешь? Я прошу тебя всего лишь быть повежливее с отцом, а ты ни в какую»

«Я вежливо спрашивала», — настаивала Лина.

«Пожалуйста. Просто вернись и снова спроси. Может тогда он просто не слышал».

Лина выдохнула и повернулась, чтобы пойти назад в гостиную.

«Вот и хорошо. Спасибо, милая», —сказала мама, когда Лина пошла к выходу. «В этот раз дождись ответа. Не уходи сразу же», — мама кричала в след Лине, пока та шла по коридору. Но Лина не прошла и двух шагов, как неожиданно почувствовала боль. Она обхватила живот руками, согнулась попала. Согнулась так резко, что задела спиной фотографию на стене — на ней она маленькая, катается на пони в парке. Картина громко стукнулась об пол, а она вдруг ясно вспомнила этот день —хороший день из её детства. Вот бы сегодня был такой день. Она любила лошадей, но родители редко брали её с собой.

Мама вышла в коридор посмотреть, что случилось. «Что ты наделала?» — строго спросила она.

Чтобы как-то смягчить боль, Лина часто дышала.

«Отойди от стены, пожалуйста», — мама хотела повесить фотографию на место, но Лина мешала ей.

В коридор вышел мамин муж. В руке он все ещё держал газету.

«Что происходит?» — спросил он авторитарным тоном.

«Ничего. Лина задела фотографию, она и упала», — объяснила мама, как будто извиняясь.

Наконец заговорила Лина: «Мне нехорошо».

«Что случилось?» —спросила мама, в её голосе чувствовалась забота.

«Случилось, что я плохо себя чувствую и мне надо ехать домой», — сказала Лина.

«Но сейчас вот-вот наступит время обеда. Может, если ты поешь, тебе станет лучше?» —пыталась вразумить Лину мама.

«Нет, не станет. Я поеду», — сказала Лина. Боль отпустила, но чувствовалась легкая слабость. Лина с усилием оттолкнулась от стены. Мама воспользовалась моментом и повесила фотографию на место.

«Давай пройдем на кухню. Ты там посидишь, у меня обед доварится. Ты поешь, а потом поедешь», — сказала мама и пыталась направить Лину на кухню. Лина сделала несколько шагов по направлению к кухне.

«Хорошо», — сказала мама, полагая, что Лина согласилась.

«Нет, ни хорошо. Я поеду домой», — заявила Лина.

«Уфф» —воскликнула мама.

«Если ей не здоровится, пусть едет домой», — выкрикнул мамин муж с другого конца коридора. Мама взглянула на него, посмотрела, не сердится ли он. Он прошел обратно в гостиную и сказал тихим голосом: «Я удивился, что она вообще приехала».

«Хорошо, милая. Поезжай домой и отдохни», - сказала мама примирительным тоном. «Ты зря приехала сегодня», — мама меняла позицию, чтобы согласиться с отчимом. «Нужно беречь себя. Ты же не железная».

Лина просто проигнорировала эти последние слова. Просто сказала: «Пока!»

«Пока, милая. Звони, если что-то потребуется».

Мама закрыла за ней дверь. Через окошко в дверной раме она смотрела как Лина шла к машине. Она все смотрела и смотрела в ту точку, откуда Лины не стало видно. Её глаза наполнились слезами, она прошептала: «Лина, я люблю тебя». Она вздохнула и повернулась к плите. Ей надо приготовить обед, муж скоро захочет есть.

❧

Следующие три месяца прошли для Лины тихо, без каких-либо значительных событий. Она хорошо себя чувствовала, и снова смогла выходить на долгие прогулки. Обычно по воскресеньям, после обеда у мамы, она гуляла в парке около реки. Это помогало отвлечься после визита и общения с отчимом. Она стала брать фотокамеру и решила фотографировать людей на скамейках. В целом, на душе у нее стало спокойнее.

Эти события в жизни - беременность, потеря ребенка — кажется закалили её, сделали более зрелой. Она уже не была наивной молодой девушкой, а будто проснулась ото сна. Она понимала, что может уготовить ей жизнь, что может случится страшное, и никто — ни мама, ни друзья, никто —не будет помогать. Отрезвляло её и осознание того, как быстро все забывают о трагедии и живут, как ни в чем не бывало. Возможно, это техника выживания для человека — не загружать сознание, забывать о проблемах других. Вот и сейчас её сознание научилось отпускать боль — сознание, но не память

Любой мог подумать, что после этих событий Лина могла стать более циничной. Напротив. Она стала добрее к другим, понимая стратегии их психологической защиты. Более того, она научилась прощать их, хотя они принесли её страдания в жертву своему невежеству. Это, она понимала, необходимо для их счастья и гармонии общества, ведь они были в эмоциональном замешательстве, и не желали ей зла. Но она и не стала теплым человеком, который любит обниматься. Она все еще держала дистанцию со многими, но она просто стала менее критичной к другим.

Именно в таком настроении была Лина, когда в день её рождения Лекси пригласила её на ланч отпраздновать событие. Лина охотно согласилась, но, когда Лекси предложила позвать еще коллег из офиса, то именинница была категорически против, ведь тогда бы это была вечеринка в честь дня рождения, а Лина не хотела никаких вечеринок, особенно в честь дня рождения.

«Пожалуйста!», —воскликнула Лина, когда Лекси предложила ей список приглашенных, — «Неужели я не могу получить то, что хочу в свой день рождения?». Лекси с этим согласилась. «Тогда я не хочу видеть этих людей, которые сидят передо мной и изображают заботу обо мне, а я в это время буду есть обед».

Лина с Лекси шли по Уолнат стрит, направляясь в сторону ресторана на площади Ритенхаус. То был один из самых любимых ресторанов Лины в центре Филадельфии. Они шли, дул ветер, но не сильно. Лекси напевала песенку - у нее был приятный голос, и она знала слова многих песен. Обычно, когда Лекси, идя с ней, вот так вот распевала песни, Лине это не нравилось, но сегодня, в свой день рождения, она была не против, тем более, что из-за ветра порой было не слышно, о чем поет Лекси. Некоторые мужчины оборачивались им в след, ведь две красивые девушки всегда привлекут взгляды мужчин. Лекси широко улыбалась им своей белозубой улыбкой, а Лина же раздражительно отворачивалась.

«Ты хорошо выглядишь», — Лекси проинформировала Лину, прерывая свое пение. «Мужчины оборачиваются. Ты заметила?»

«Заметила. Они нелепы», — пожаловалась Лина.

«Почему это? Что в них нелепого?» — спросила Лекси, слегка раздражаясь. Лина закатила глаза.

«Ты красивая, а у тебя давно не было парня—с тех, как ты рассталась с этим — как же его звали?». Лина не стала поправлять её, поскольку это было правдой — даже если она не могла признать это — и она не напомнила Лекси имя Мишеля. Возможно, Лекси помнила его имя, но просто не хотела придавать ему нечто большее, чем ускользающее воспоминание.

«Давно пора тебе снова вести жизнь красивой девушки», —сказала Лекси. Она снова стала напевать, на сей раз песенку Энди Уильмса про то, как парни смотрят на девушек, а девушки на парней, которые смотрят на них. Лекси стала шутить, от чего Лина даже улыбалась. Некотрым проходящим мимо них парням Лекси сказала привет, что сначала не нравилось Лине, но Лекси потом смеялась, при чем так искренне, что Лина переставала смущаться.

Они решили сократить путь через площадь Риттенхаус, где был небольшой сквер. Лекси сказала что-то смешное про проходившего мимо мужчины за тридцать, как вдруг неожиданно из-за деревьев вышла старушка. Она вышла прямо на тротуар. Она появилась так неожиданно, что девушки вздрогнули.

«О боже!» — воскликнула Лекси, левой рукой схватившись за сумку, а правую положив на грудь.

Лина же совладала с собой достаточно быстро и спросила: «Вам помочь?». Она не чувствовала опасности или испуга. В душе она была сильной девушкой — эта её черта привлекала некоторых мужчин и отталкивала многих других.

Старушка была невысокого роста, с седыми волосами, заколотым на затылке гребнем — так, должно быть, она закалывала их с юности. У нее было слегка морщинистое, но приятное лицо, хотя и слегка грязноватое. Поперек лба у нее проходила темная полоска сантиметра два — возможно, от удара. На старушке было светло-голубое, из грубого хлопка, с потертым подолом, платье. Слева на платье была ручная вышивка — букет маргариток. Вышивка потрепалась со временем, и кое где торчали нитки. На платье не было карманов, а в руках у нее не было ни кошелька, ни сумки — ничего.

Старушка протянула обе руки, её ладони были грязными и потрескавшимися. Она тянула их к вверху, так как будто прикоснуться ладонями и вылечить Лину. Она закрыла глаза, на её лице было спокойствие, она все еще водила руками вокруг невидимой ауры Лины.

«Что нам делать?» —прошептала Лекси, которая теперь схватилась за руку Лины, готовая потянуть её за собой и убежать от этой сумасшедшей старухи. Лина покачала головой, показывая, что им ничего не надо говорить и ничего не надо делать. Ей казалось, что любое движение может напугать чудачку.

В этот самый момент женщина стала тяжело дышать, её ноздри двигались, она широко открыла глаза. Она с усилием выдохнула, смотря Лине прямо в глаза. Лина не испугалась. Старушка начала говорить.

«Ты одинока», — сказала старушка с акцентом, который Лина приняла за болгарский. Лекси нахмурилась, удивляясь, почему это старушка не заметила её.

«Внутри тебя печаль, твое тело всхлипывает от твоего одиночества». Глаза Лины расширились, у Лекси при этих словах вытянулось лицо. «Но сегодня не день сожалений, сегодня день празднования жизни».

«О боже мой!» — воскликнула Лекси, смотря попеременно то на Лину, то на старушку. Она хотела понять, нравится ли это Лине или нет, была ли Лина так же удивлена, как и она. Лина сосредоточилась, ей было любопытно, но ей это не нравилось.

«Тебя ждет радостное будущее, в нем ты не будешь одинокой» — заявила старушка, после чего посмотрела наверх.

Лина отвернулась, контакт глазами был нарушен. Вновь обретя голос, она сказала: «Да, прекрасно. Но нам нужно пообедать. И вам, мэм, хорошего дня».

Старушка вновь с сочувствием посмотрела на Лину, опустила руки, но продолжала водить ладонями несколько театрально. «Меня зовут Крассимира, Крассимира Предсказательница»

«Ты уедешь из этого города братской любви». Старушка заметила, что это заинтересовало Лину, даже если и не совсем сильно. «Да, ты знаешь о ложной любви, но она лишь ненависть для тебя», — сказала она с усмешкой, показав свои желтые зубы. Но Лина еще больше заинтересовалась тем, что сказала старушка.

«Ты уедешь из этого места дабы найти мир и покой. Ты поедешь в Берлин. Там ты будешь обитать — или лучше сказать, прятаться». Лине не понравился этот бред. В Берлин, да и вообще в Германию она не собиралась. «О! Ты не доверчива к Красси», — сказала старушка снова улыбаясь. «Подожди. Со временем ты увидишь так, как я вижу сейчас. Сначала это будет не понятно, но прошлое много проясняет».

«Ну, спасибо за информацию. Нам правда пора, а то мы не успеем пообедать», — сказала Лина.

«Подожди! Давай дослушаем до конца», — сказала Ликси протестуя.

«Да, вот еще что скажу. Ты встретишь молодого человека, перед улыбкой которого ты не сможешь устоять», — сказала старушка.

«О! Это мне нравится», — весело сказала Лекси. «Расскажите еще». Старушка с раздражением посмотрела на Лекси. Лекси перестала улыбаться и примирительно сказала: «Простите».

Старушка снова посмотрела на Лину и продолжила свое предсказание о молодом человеке. «Его будут звать Ганс».

Лина сказала с некоторым сарказмом: «Вполне логично. Его будут звать Ганс или Франц — вполне в соответсвии с этой небылицей о переезде в Германию».

«Ганс будет тебя любить — если ты ему позволишь», — при этих словах старушка подняла вверх указательный палец. Она посмотрела на Лекси

— так, как будто говорила, что та должна сыграть свою роль в этом, когда придет время. Лекси кивнула. Старушку, казалось, это удовлетворило, и она снова посмотрела на Лину и продолжила.

«Еще придет день, когда тебя увидят больше людей, чем ты знаешь, и ты не сможешь от них спрятаться».

Лина не понимала, что старушка имела ввиду и сказала: «Понятно. Этого достаточно». Усмехнувшись, она огляделась вокруг и поняла, что начала собираться толпа. Раскрасневшись от смущения, она захотела убежать и спрятаться, но Лекси твердо держала её за руку, а когда почувствовала, что Лина хотела уйти, то ухватилась еще крепче. Лина не была стеснительной, но ситуация выводила её из зоны комфорта.

«Ты не хочешь слышать это, но я должна довести их до тебя, и ты познаешь благо, когда оно придет к тебе». Лина посмотрела ей в глаза, не понимая, что еще может выдать эта сумасшедшая.

«Твое сердце бьется, как барабан. Но не бойся. Все будет хорошо, придет время», — умиротворенно сказала она. Затем она оттянула руку и сказала: «Расскажу тебе еще об одном видении, и потом отпущу тебя с миром», — пообещала она и выдержала паузу, прежде, чем продолжить. Лина и Лекси задержали дыхание в ожидании.

«В конце концов, когда отступят беда и предательство, только тогда ты поймешь, что рядом с тобой настоящий друг, тот, который так был тебе нужен», — сказала она, мельком взглянув на Лекси.

Она молча посмотрела на Лину. Прежде, чем Лина смогла что-то сказать, старушка отвернулась, слегка толкнув её, и побежала среди кустов и деревьев, с быстротой, которой никто от нее не ожидал. Через несколько секунд её уже не было видно. Толпа зевак вокруг посмотрела вслед старушке, а затем все взгляды снова устремились к Лине. Кто-то стал расспрашивать её, кто-то стал обсуждать случившееся между собой. Лекси схватила Лину за руку и повела её через толпу, понимая, что Лина слегка ошарашена произошедшим. Она вела её через площадь к ресторану. Лина не сопротивлялась.

❧

Хотя Лина и не поверила во весь этот вздор, в течении следующих нескольких дней слова старушки не выходили у нее из головы. Не то, чтобы её беспокоило, что предсказание может сбыться. Её скорее пугало, что кто-то, не спросив её, мог подойти и выпалить ей все, что готовит будущее. У нее было ощущение контроля собственной жизни. Конечно, она признавала — планы могут меняться, потому что такова жизнь, воля случая и все такое, но что какая-то самозваная предсказательница может проинформировать её о будущем казалось грубым и нелепым. Не хотелось, чтобы кто-то посторонний диктовал тебе план жизни. Если её ждет успех, то она бы предпочла, чтобы это была её заслуга, а если быть религиозной, то уж лучше самой выбирать какому высшему божеству поклоняться. Она не хотела полагаться на предсказания этой старушенции в парке, не хотела быть рабыней оракула. Как так — вслепую принять будущего любовника и обещание судьбы о смутной дружбе? Нет уж — она будет жить без оглядки на бредни сумасшедшей.

Лекси же была в восторге от этой случайно встречи в парке. Она верила в слова старушки и повторяла их все время — к большому неудовольствию Лины. Только после долгих уговоров и просьб с её стороны Лекси согласилась не рассказывать об этом другим, а Лекси так хотелось рассказать всем в офисе об этой встрече, но уважение к просьбе Лины не трубить о личной жизни все же взяло вверх. Да и потом совсем не хотелось, чтобы коллеги размышляли о событиях в жизни Лины, сравнивая их с предсказаниями оракула.

Поскольку Лекси не могла обсуждать предсказания оракула с другими, она не переставая говорила об этом с Линой. Причем никакой другой темы в их разговорах больше не было. Они часто теперь вмести выходили на обед или пропустить стаканчик после работы, и Лекси постоянно перебирала предсказания старушки. Лина в какой-то момент пожалела, что не позволила Лекси говорить об этом с другими, но кто бы мог подумать, что это может вызвать столько эмоций и домыслов со стороны Лекси. Её подруга просто не могла насытиться этой темой. Возможно, поэтому Лина никак не могла об этом забыть — Лекси не давала.

«Не могу дождаться, когда наконец-то увижу этого Ганса», — воскликнула Лекси. Эта часть предсказания особенно понравилась Лекси. «Может, у него будет симпатичный брат», — она засмеялась, — «которого будут звать ...Карл. Красавчик Карл». Лина закатила глаза и отпила глоток вина. Они сидели в баре недалеко от дома Лины. Собственно говоря, она поэтому и согласилась выпить после работы в тот вечер. Ей хотелось поскорее домой, да и к тому же собирался дождь, поэтому она и настояла пойти именно в этот бар.

«Подумай только! Ты выйдешь замуж за Ганса, а я за Карла, и мы будем как сестры. Здорово будет?!» — сказала Лекси, очевидно, её восхищала эта мысль.

Лина недоверчиво покачала головой. «Да, будет интересно. Но повторяю еще раз — никакого Ганса не существует», — с вызовом сказала она.

«Ну, Лин, чего ты такая зануда?», — сказала Лекси, взмахнув руками.

«Да, я такая. Лина -зануда», — подтвердила Лина.

«Слушай, может нам с тобой съездить в Берлин и найти Ганса и Гюнтера?» — спросила Лекси и громко хихикнула.

«Гунтера? Ты же про junge Карла говорила. Что-то помянялось?» —спросила Лина. В школа она учила немецкий.

«Мне не нравится имя Карл, даже если он сам и будет красавчиком», — с улыбкой объяснила Лекси.

«А Гюнтер нравится?» — спросила Лина.

«Да. Гюнтер нравится. Сразу представляю, что он такой сильный, широкоплечий, что у него такое все… большое», — сказала она и расхохоталась. Лина, как ни старалась, тоже не смогла удержаться от смеха.

«Красавец Ганс и гигант Гюнтер. Да, это то, что нужно», — сказала Лекси, и подняла бокал, предлагая Лине поддержать тост.

Лина ухмыльнулась и подняла свой бокал. Бокалы зазвенели. «Prost», — сказала Лина. Девушки засмеялись.

Они сделали по глотку, и Лекси сказала: «Ну, и когда мы поедем в Берлин?»

«Уфф», — воскликнула Лина, отставляя бокал, поскольку чуть не поперхнулась глотком вина. «Не поеду я ни в какой Берлин, сколько раз тебе говорить?!»

«Знаешь, мисс Лина, что я думаю?». Лина ухмыльнулась, но больше никак не прореагировала. А Лекси никогда не нужна была поддержка, чтобы высказывать свои идеи. «Я думаю, что ты боишься ехать в Берлин. Я думаю, что ты боишься этого предсказания, особенно про то, что тебя увидит весь мир, а ты не сможешь спрятаться», —при этих словах Лекси прищурилась.

«Нет, она сказала, что меня увидит больше человек, чем я знаю», — напомнила Лина слова оракула, хотя она и отказывалась называть старушку этим званием. «А это может быть несколько сотен человек, может тысяча, но не весь мир», — протестовала Лина, ожидая, что Лекси признает преувеличение.

«Без разницы. Суть в том, что ты боишься, и ты думаешь, что если не сбудутся первые два предсказания, то не сбудется и третье», — сказала Лекси, затем кивнула головой и снова отпила из бокала.

«А что же насчет четвертого?» — спросила Лина ради потехи, пытаясь сбить Лекси с мысли.

«Какое? Про настоящего друга? Глупость какая!» — ответила Лекси.

«Почему это?» — сказала Лина, больше для формальности. На самом деле ей было все равно, или так она себя уговаривала.

«Потому что у тебя же есть я. Я твой друг», — заявила Лекси.

«А, ну да», — Лина сказала, закатив глаза. Она все же отказывалась признавать, что Лекси больше, чем просто коллега, хотя она ей об этом не говорила — не хотелось расстраивать. Возможно, в глубине души она боялась, что если она скажет об этом Лекси, то та её не так поймет, и она потеряет Лекси. Это было сложно признать, но она не могла даже представить себе, что в её жизни не будет Лекси.

«Елена Демур. Я твой друг! Лучший друг», — заявила Лекси и небрежно и сердито одновременно. Когда Лекси сердилась, она называла Лину по имени и фамилии — а не укороченным именем. «Слишком глупо с твоей стороны не признавать это»

«Да, я такая. Глупая Лина». Бармен прервал их, спросив, не повторить ли им вина. Лина сказала нет, Лекси сказала да, при этом широко улыбнувшись бармену. Тот налил им еще, и Лекси сменила тему, переключившись на симпатичных мужчин в баре. Вечер был приятным, но длился слишком долго. Лина из-за этого поздно поужинала и поздно пошла спать. Она не любила есть поздно, поскольку после этого плохо спала.

Глвва пятая

Лина спит не спокойно, ворочается с боку на бок. За окном дождь, но не он тревожит её сон, а то, что она видит во сне.

Она заходит в квартиру и видит беспорядок. Некоторую мебель она узнает — то, что перевезла из маминого дома, а некоторые предметы мебели стоят рядом и ей не понятно, откуда они взялись. Она видит два обитых тканью стула, которые стоят друг на друге. На стульях коробки с мусором. Вокруг столы, большие и малые, некоторые, кажется, старинные.

Мама что-то готовит на кухне, пахнет горелым. Она спрашивает маму, откуда мебель. Мама отвечает, что перенесли с чердака, наследство от бабушки. Лина говорит, что ей это не надо, но мама не реагирует на это и продолжает помешивать что-то на плите.

Лина с трудом пробирается на середину комнаты. В комнате несколько низких, расшатанных этажерок с книгами. Об одну из них Лина спотыкается. Книги на этажерках старые, лежат друг на друге. У некоторых потрепан переплет, другие порваны, третьи с разводами, у многих книг надорвался верх обложки, есть книги вообще без обложки. От них пахнет плесенью.

На столиках стоит много безделушек, слишком много. Видятся фарфоровые фигурки детей с выпуклыми, розовыми щеками, вокруг их ножек играют собаки. Лежит несколько старых курительных трубок, от которых пахнет застарелым табаком, разбитая кофейная кружка, на дне которой кофе покрылся плесенью. Виднеется пепельница, наполненная до половины окурками.

Лина берет эти пепельницу и несет на кухню вытряхнуть ее. Мама говорит выбросить окурки на заднем дворе — в её квартире нет заднего двора, а во сне он есть.

Лина открывает дверь заднего двора и видит двор маминого дома. Выкидывает в мусор окурки — она не хочет, чтобы в квартире пахло окурками. Она идет обратно в гостиную и решает перенести всю мебель, что принесла её мама, на задний двор. Она поднимает маленький столик, с него падает бюст, похоже какого-то известного человека подняла маленький столик, и с него упал бюст вроде бы какого-то известного человека. Этот бюст стукается об пол и разбивается вдребезги. Мама ворчит, но продолжает готовить, помешивая подгорающую еду.

Лина бросает столик в задний двор как можно дальше от двери. Он падает на маленькую собаку, которая спала во дворе. Это белый шнауцер, который был у нее в детстве, по кличке Нисса. Она бежит к Ниссе, на ходу опрокинув столик. Нисса тяжело дышит и не двигается. Лина её обнимает, неожиданно расплакавшись. «Нисса, жалко-то как! Я стараюсь, очень стараюсь».

Вдруг она замечает на краю двора находится озеро — одно из тех, на которые она ездила в детстве с родителями летом. На минуту она задумывается — как это странно, ведь это место далеко от Филадельфии. Над озером большие, серые грозовые тучи. Дует очень сильный ветер.На озере она видит большие корабли, грузовые баржи и нефтяные танкеры, которые качаются от ветра как резиновые игрушки в ванне. На озере большие волны, но у берега они слабые, что вводит в замешательство. Она начинает понимать, что спит, но какой-то странный звук откуда-то сзади отвлекает её. Наверное, это будильник соседа — он иногда подрабатывает в ночные смены. Но теперь становится понятным, что этот звук от большого грузовика, который задним ходом подъезжает к берегу озера.

Грузовик едет через двор. Она подхватывает Ниссу, боясь, что грузовик может переехать собаку. Вдруг она понимает, что Нисса умерла. Лина в отчаянии. Водитель грузовика — какой-то старик. Лина его не узнает. На нем твидовая кепка с рисунком «в елочку» и пальто из толстой шерсти.Лина вдруг замечает, что на берегу озера трое детей с родителями и кричит им, чтобы они отошли, но они её не слышат и не замечают грузовик. Её, кажется, не слышно — гроза усилилась и приглушает крики.

Она кричит старику — водителю грузовика, но и он, из-за рева мотора, её не слышит, а продолжает таранить задом, при этом улыбаясь и даже не смотря в зеркало. Он сбивает одного из пап и переезжает двух детей. Почувствовав препятствие, он хмурится, но еще не понимает, что он наехал на человека. Он едет вперед несколько метров. Раненные дети кричат, их мамы в истерике. Один из отцов неподвижен, возможно, мертв. Водитель грузовика переключает передачу и снова сдает назад, сильнее нажав на газ. На этот раз он сбивает всех. Один из детей падает в воду и начинает тонуть. Остальных засасывает грязь на берегу, которая потом смешивается с грязной водой. Лина кричит, бегает взад-вперед, зовет на помощь.

Слева от Лины какой-то мужчина окрикивает её. Раньше она его не видела, его попросту не было. Он стоит у барбекю и жарит котлеты. В правой руке у него лопатка. Лина понимает, что это её папа — его фотография за барбекю была сделана незадолго до того, как он ушел от мамы. «Что случилось?» — спрашивает её отец. Она показывает на грузовик, но его уже нет. В грязи только видны конечности.

Она вновь смотрит на отца. Он продолжает готовить, несмотря на дождь. Лина замечает, что в одной руке он держит зонтик, а в другой — лопатку, которой переворачивает котлеты. Улыбаясь, он спрашивает: «Как поживает папина принцесса?»

Лина смотрит на умершую собачку на руках, но это уже не собака, а новорожденная девочка несколько недель отроду в шапочке с надписью «мамина принцесса». Девочка не дышит. Лина плачет, пытается позвать на помощь, но не может. Теперь она окончательно понимает, что спит и пытается проснуться, но чувствует, что это сложно. Теперь она уже стоит по колено в озере, а её папа на берегу, улыбаясь, машет ей лопаткой и все ещё держит зонтик.

Ему кажется, что Лине там нравится, но волны уже с два метра. Около дома стоит мама. Она подбоченилась и кричит Лине перестать дурачиться. Волна сильно бьет по ногам, она чувствует, что вот-вот утонет. Она в отчаянии пытается выбраться на поверхность, разбудить себя от этого кошмарного сна.

И ей это удается. Лина просыпается вся в слезах. Она жадно хватает воздух, как будто задыхаясь. Теперь она окончательно понимает, что это был сон, кошмарный сон. Она сидит на кровати, боясь лечь и снова погрузиться в этот кошмарный сон. Она закрывает лицо руками. Никак не получается успокоиться, слезы так и текут.

Взяв салфетку с ночного столика, она просушила глаза. Встала, пошла на кухню налить себе чаю, отвлечься от этого дурного сна. Взяв чашку, она пошла в гостиную, села на удобное кресло, стала пить чай. Обведя взглядом комнату, она подумала, что порядок успокаивает. К тому времени, как выпила чай, она уже мало, что помнила из своего сна. Заснула прямо в кресле. Проснулась через пару часов, чуть раньше, чем обычно. Но теперь она снова была в порядке.

Пару недель спустя в жизни Лины произошло еще одно событие. Роджер Стринджер зашел к ней в кабинет и спросил, не сможет ли она пообедать с ним. Она с радостью согласилась, ведь это предложение поступало не часто — раз в несколько месяцев. Он взял себе за правило приглашать на обед каждого сотрудника по крайне мере раз в год. Такие сотрудники как Лина и Лекси имели честь обедать с ним чаще, иногда в компании двух других сотрудников — в зависимости от того, что он хотел обсудить. За обедом он чаще всего говорил о делах в компании, а иногда и о личном — чтобы получше узнать друг друга.

В тот полдень ей пришлось подождать Роджера около его кабинета. Начальник заканчивал какие-то переговоры с Лондоном. Лина стояла, и секретарь предложила ей присесть. Миссис Макалистер не любила, когда люди стоят около её рабочего места. Ей было не меньше шестидесяти. Её вьющиеся седые волосы всегда прятались в тугой пучок на затылке. Наверное, она никогда их не распускала.

Она была хорошим работником — так, по крайней мере, казалось Лине. Но с коллегами она была не очень-то дружелюбна. Из-за этого многие в компании её недолюбливали, но Лине это даже нравилось. С Линой секретарь была всегда вежлива, но никогда фамильярна. Фамильярна она была с друзьями и с начальником. Она всегда обращалась к нему на «вы», если только он совсем не дурачился. Тогда она слегка бранила его, и переходила на «ты».Секретарем у мистера Стринджера она работала уже лет двадцать — еще до того, как он основал компанию десять лет назад.

Лина слышала, как Стринджер заканчивал разговор с Лондоном. Она не подслушивала, да и могла разобрать лишь отдельные слова — обычно когда он смеялся, поскольку тогда начинал говорить громче. Обычно он говорил тихим, спокойным голосом, как ди-джей на ночном джаз радио.

Как только он закончил разговаривать, он резко встал со стула, схватил пиджак, быстро вышел из кабинета и, улыбаясь Лине, на ходу надел его. «Хелен, я на обеде».

«Да, сэр», — с улыбкой сказала Хелен, отвернувшись от компьютера и улыбаясь начальнику, когда тот проходил мимо неё. «Повнимательнее с едой. Не забывайте — вы хотели похудеть».

«Потише!» — сказал он. «Когда мужчина идет обедать с молодой девушкой, ему не хочется, чтобы на его живот обращали внимание. Спасибо за напоминание».

«Ну да», — сказала Хелен, снова поворачиваясь к своему компьютеру. Мистер Стринджер улыбнулся Лине, при этом стараясь поправить свой воротник. Не глядя на него, Хелен крикнула: «Поправьте свой воротник».

«Уже поправляю!», — крикнул он. «Чтоб его собака съела», — добавил он более тихим голосом.

«Я все слышу», — крикнула Хелен вслед. Для неё эта фраза была грубым ругательством. Она бывала говорила мистеру Стринджеру: «Вы можете заменять ругательства на какие угодно слова, но я знаю, когда вы ругаетесь. Меня вы не проведете». Сама же она только и могла сказать «ну да» как самое грубое.

Он закотил глаза и сказал: «Давай пойдем отсюда — поскорее». Лина засмеялась в знак одобрения. Как же он ей нравился!

❧

За годы работы Стринджер открыл для Лины много хороших ресторанов. В этот раз они пошли в ресторан старого стиля, один из тех, в которые боссы больших компаний приглашали потенциальных клиентов для заключения сделки. Это было еще лет двадцать назад. Ресторану было лет сто — так, по крайней мере, он выглядел. Столы и стулья из натурального дерева, с накрахмаленными скатертями, со свечкой посредине стола. Пепельниц, как раньше, уже не было. На стенах были отпечатки лошадиных копыт и других следов эпохи джентельменов.

Обеденная зона была, скорее, тусклой, с приглушенными звуками. На фоне этого выдеялялась кухня из нержавейщую стали. Когда в кухню открывалась металлическая дверь со стеклянным окошком вверху, слышался скрип лопаток о металлические сковородки, смешанный со звуками голосов официантов и поваров, которые то смеялись, то спорили между собой. Но как только дверь на кухню закрывалась, шелестя по полу резиновым опорожьем, этих звуков сразу становилось не слышно. В ресторане снова были слышны лишь приглушенные голоса пожилых джентельменов, разговаривающих о делах — таким образом они поддерживали дружбу, которая зародилась, должно быть, еще в университете.

Лина и Роджер заказали обед. В заказе он указал испанскую ветчину, тарелку итальянских сыров и закуски на двоих, и графинчик вина. Крепкие напитки он не пил, по крайней мере, днем, а вечером или после работы Лина не имела обыкновения с ним встречаться.

Глава пятая

Этот ресторан был не для нового поколения начальников, которые хотели лишь быстрее и сытнее поесть, чтобы через час вернуться в офис и продолжить работу. Этот ресторан больше походил на место для ведения дел в более располагающей к обеду атмсофере. Это место больше подходило для поколения начальников Стринджера, оно и стилизовано было для них.

«Итак, Лина, расскажи мне, как твои дела», — спросил Роджер, как только на стол поставили закуски, и ему удалось взять по куску ветчины и сыра и отпить глоток вина.

«Все хорошо, спасибо», — Лина ответила автоматически.

«Хорошо. Это хорошо», — ответил Стринджер не задумавыясь. Он, очевидно, уже понял, что это автоматический ответ Лины, и поэтому ничего не значит. «Знаешь, я пригласил тебя пообедать, потому что хотел поговорить с тобой об открытии филиалов в Европе», — объяснил свою позицию Роджер.

«Да, я слышала, что открывается один офис в Лондоне, а другой где-то в Германии», — сказала Лина, показывая свою осведомленность.

«Верно. В Лондоне мы открываемся в следующем месяце, а в Германии через месяц после открытия в Лондоне». Он опустошил бокал. Поставив бокал на стол, он взял кувшин, освежил Линин бокал на два глотка, которые она сделала, а свой наполнил полностью. За время обедов с Линой он также понял, что большую часть вина предстоит пить ему. Она не любила выпивать в обед, особенно с ним. Он ел достаточно хорошо, а обеденный перерыв для него длился как минимум полтора часа, поэтому по его стандартам, не такое уж большое количество предстояло выпить за такое короткое время.

«Так вот, Лина, что я хотел спросить», — он переходил к делу.

«Да, мистер Стринджер?»

«Не хочешь ли ты поехать работать в один из наших филиалов в Европе?», — Лина улыбнулась на этот вопрос. «На первые два года работы», — уточнил он. «Конечно, если ты захочешь остаться работать дольше, это не будет проблемой».

«Это предложение кажется интресным», — сказала Лина, стараясь скрыть восторг. Она давно хотела пожить в Европе. В школе ей хорошо давалась география — и математика. Ей нравилось узнавать многое о городах и странах в Европе.

«Мы принимаем на работу и специалистов на местах, но для меня было бы лучше, если бы в каждом офисе у меня работали люди, которых я хорошо знаю, кому я могу доверять», — пояснил он свою позицию. «Своего рода, постояноство стратегии управления и стабильность»

«Да, мне вполне это понятно», — вторила ему Лина.

«Насколько я знаю, ты же немного говоришь по-немецки, ты же в школе его учила? »

«Да, в старших классах, но я не очень

продвинулась. Бегло я не говорю», — предупредила она.

«И все же. Среди всех наших сотрудников тебя бы я рекомендовал первую туда», — сказал он.

«Я понимаю. А где будет находится офис? Город, где откроют филиал, уже определен?». Она надеялась, что это будет Мюнхен. Говорили, что там хорошо, и судя по фотографиям красиво. Ожидая ответа, она решила пригубить вина.

«Берлин», — ответил он. Рука, в которой Лина держла бокал, замерла в паре сантиметров от лица. «Берлин— восхитительный город, тебе понравится», — сказал он.

«Хм... да», — все, что она могла сказать в тот момент. В руке она все еще держала бокал, но уже не так близко от лица. Она так и не отпила вина.

«Какая-то проблема?» — спросил он, понимая, что предложение не вызвало у нее такого воодушевления, которое ожидал. «Я думал, ты будешь рада этой возможности»

«Да, это прекрасная возможность», — ответила она, отчаянно пытаясь придумать причину, почему не может поехать. Но и разочаровывать его тоже не хотелось.

«Если тебя беспокоят дополнительные расходы, то совершенно напрасно», — заверил он её. «Компания дает хорошие «подъемные» для каждого сотрудника, который переезжает туда из Филадельфии на временный срок. Квартиру здесь можно оставить —

если только она не суперроскошная. Она пригодится, когда будешь приезжать в город и когда вернешься».

«Очень шедро», — сказала она. Для нее этот ответ дался легче, чем если бы пришлось говорить, что она думает по этому поводу и хочет ли вообще переезжать в Берлин. «Мне льстит, и я очень польщена, что вы даете мне такую возможность».

На самом деле, перспектива переезда в Берлин пугала даже больше, чем она могла себе представить, ведь она не придавала никакого значения предсказаниям оракула. Ей не хотелось помогать этим пророчествам сбываться, ведь если она не позволит сбыться первому пресдказанию, то третье тоже может не состоятся. Что касается предсказания про большое количество человек, которые увидят Лину и ей не удастся спрятаться, то она не совсем его понимала. Да как бы оно и не проявилось, это предсказание, у нее не было ни малейшего желания видеть, как оно сбывается. Оно её пугало, хотя она сама себе и в этом не признавалась. О четвертом она и вовсе не беспокоилась — она не понимала, нужен ли ей друг и хочет ли она иметь настоящего друга. Её вполне устраивало, что друзей у нее нет.

«Итак, что скажешь?» — Стринджер, очевидно, что-то говорил все это время, пока она рассуждала о предсказаниях и о том, как их избежать. Она посмотрела на него, хотя она и не отводила от него глаз все это время, просто не понимала этого.

«Честно говоря, не думаю, что Германия — это для меня». В первый раз она отказала своему начальнику.

Даже голос дрожал, когда она это говорила. То ли для того, чтобы прерваться, то ли для того, чтобы замаскировать причину отказа, она отвернула голову в сторону и закрыв рот рукой, покашляла, как будто в горле что-то застряло.

«Ничего себе. Очень жаль. Можно спросить, почему ты не хочешь ехать туда?» — спросил Стринджер подчеркнуто вежливо. Он был не расстроен, нет, он был просто разочарован.

«Да…Простите пожалуйста», — сказала Лина и наконец-то отпила из бокала, гораздо больше, чем за все время до этого. Роджер Стринджер заметил, осозновая в этот момент, что она расстроена, вот только не понимал почему. В их компании многие умоляли послать их работать в берлинский офис. У него и в мыслях не было, что она откажется. Он хотел, чтобы именно она поехала — там нужен был толковый финансовый аналитик, которому он доверял и которому мог бы поручить европейских клиентов. Ожидая пока Лина ответит (а она с ответом не торопилась), он прокручивал в уме, что из того, что он узнал о ней в последнее время, могло послужить причиной отказа переехать в Европу. Новый друг, которого она не хочет бросать тут? Вряд ли. Он бы знал.

«Я просто подумала, что компании от меня было бы больше проку в лондонском офисе», — она предложила компромисс.

«А! Что ж, это вариант». Для Стринджера было облегчением узнать, что она согласилась переехать в один из двух европейских офисов, он просто пустил в ход только свои предпочтения, что её нужно направить в Берлин, и даже забыл спросить, почему, по её заявлению, от нее будет больше пользы в лондонском офисе. «Если это то, что лучше для тебя, тогда без вопросов. Мы пошлем тебя в Лондон». Он был доволен.

Лина почуствввовала облегчение. Она улыбнулась, а глаза наполнились слезами — слезами радости от того, что она его не разочаровала. Она понимала, что плохо себя вела, но ничего не могла с собой поделать.

Стринджер заметил блеск в её глазах, увидел, что она улыбалась с закрытыми губами, очевидно скрывая эмоции. Он не понимал, что послужило причиной этому и почему это все произошло, но видел Линину радость и именно это было самым важным. Он тоже улыбнулся. Как раз в этот момент пришли два официанта и стали расставлять тарелки перед ними.

«Отлично. Ну а теперь — довольно о делах. Давай поедим, насладимся обедом. Идет?»

«Идет!» — ответела она радостно. Они принялись за еду.

Глава шестая

«Лондон!» — вскрикнула мама Лины. «Почему это тебя надо посылать в Лондон?». Она даже перестала мешать суп в кастрюле. Её воскресный обед был почти готов.

«Меня не направляют и не вынуждают», — объяснила Лина. «Меня начальник попросил поехать туда на пару лет поработать». Прошло почти три недели с тех пор, как Стринджер предложил ей туда поехать. Пока не были улажены некоторые детали, они держали это в секрете. Среди тех, кто знал были мисс Гамильтон, руководитель лондонского филиала, и, наверное, ассистент Стринджера, Хелен. Никто больше в головном офисе в Филадельфии этого не мог знать. Даже с Лекси она не обсуждала это, пока Стринджер не разослал сообщение по корпоративной почте со списком тех, кто переезжает во вновь открывающиеся филиалы.

«Два года!» — воскликнула мама. «Это чушь какая-то. Нет. Мне жаль, но ты должна сказать своему начальнику что это невозможно». Она ударила лопаткой, которую держала, о столешницу. Несколько капель попали на пол и на плиту.

«Мама. Я поеду в Лондон», — спокойно сказала

она.

«Но почему? Это неразумно», — сказала мама почти с надрывом. Взяв тряпку, она вытерла расплескавшиеся капли.

«Во-первых, я им нужна. Они хотят, чтобы я поехала туда и помогла организовать работу филиала в Лондоне», — твердо сказала она. Втане она надеялась, что мама, возможно, гордится ею. Нет — или по крайней мере, никогда не показывала виду. Она восхваляла Лину перед начальством и подругами, но только когда Лина не слышала. Напрямую она никогда не хвалила Лину. Что это большая родительская ошибка, она не знала. — «Во-вторых, я хочу поехать», — заявила Лина.

«Что? Ты хочешь поехать в Лондон?» — с неподдельным удивлением спросила мама. В ее руке снова оказалась лопатка.

«Да», — ответила Лина.

«Почему это ты хочешь поехать в Лондон —чтоб там жить?» — спросила мама. В конце вопроса слышалась усмешка. Ответа она не ждала, по крайней мере никакого такого ответа, который бы она не сочла по-детски глупым.

«Мне нравится эта перспектиа. Ты же знаешь, я всегда хотела путешествовать и жить в Европе», — скзала она, пытаясь напомнить маме об этом своем желании.

«Нет, ничего подобного ты не хотела. У тебя никогда не было интереса жить в Европе», — пыталась проинформировать её мама.

«Нет, был — еще с детства», — сказала Лина протестуя. Для Лины было странным, что мама так мало о ней знала и имела весьма странные представления о том, что она хотела, а что нет.

«Не глупи», — прикричала мама. Она хмыкнула и помешала жаркое.

Убедившись, что блюдо готово, она постучала лопаткой о край своей чугунной сковородки, стряхивая остатки. Накрыв сковородку крышкой, она положила лопатку на маленькую тарелочку. Не понимая, почему Лина не соглашается с ней, она в упор посмотрела на нее.

Чувства Лины были задеты. Она не могла ничего сказать. Она спокойно смотрела на маму.

Эту Линину черту, не обсуждать больше тему, мама хорошо знала. Её первый муж, папа Лины, иногда точно также вел себя. Она скучала по нему, и ей нравилось, что она узнавала какие-то черты и детали в поведении Лины. Ей даже нравились эти моменты, когда Лина стояла на своем. Она терпеть не могла, когда первый муж вот так же точно вел себя, но она уважала эту его черту и гордилась, что Лина поступает точно так же. Она знала, что обладая этим качеством, Лина, когда выйдет замуж (а она надеялась, что это произойдет в не столь отдаленном будущем), не будет эмоциональной рабыней своего мужа, каковой сама она была в своем втором браке.

А эмоциональной рабыней она стала потому что дико боялась потерять своего мужа — болялась, что её снова бросят, и она опять останется одна. Она знала, что ее второй муж был не таким ххорошим мужем, как первый, что она в чем-то превосходила его, хотя он и стремился доминировать в отношениях. Такова была реальность — он знал, что его жена была гораздо умнее его самого, да и принадлежала к более высокому социальному классу, и во многом лучше него — если только можно сравнивать людей. Все его поведение было нацелено на то, чтобы она защищалась. Тогда она не поймет, что он ниже её и не бросит его. Он был из тех, кто больше всего боялся признаться ей, что боится потерять её — если бы в их отношениях присутствовала незамаскированная честность. Он больше боялся потерять её, чем она его.

Мама вздохнула, сказав: «Полагаю, ты сделаешь, как тебе хочется, а что я скажу не будет иметь значения». Лина посмотрела на нее с некоторой благодарностью во взгляде. Мама покачала головой и сказала: «Только не говори своему отцу об этом. У меня и так достаточно проблем с ним. Чего только соят его нытье о том, как прошла неделя»

«А с чего ему ныть?» — спросила Лина.

«Сама увидишь», — сказала мама с усмешкой. «Поэтому пожалуйста — ни слова сегодня».

Мама отошла и встала слева от Лины, чтобы та не могла видеть её лица. На лице у мамы была печаль — не из-за Лины, а по самой ситуации. Печаль эта, она предвидела, через несколько секунд сменится горем. Но горе не будет видно до тех пор, пока Лина не уедет вечером. Совсем нет — пред Линой она будет вести себя так, как будто ничего не произошло — как будто она и не думала о своем втором муже, не дсожалела, что Лина уже съехала от них, стала взрослой и больше не живет с ними. А её муж — он больше не может унизить её, она вообще может всем расскзать, как он с ней обходится. Она посмотрела на Лину с полумольбой о помощи, чтобы она спасла её от предстоящей недели, чтобы он не стал отпускать негативные комментарии о плохом воспитании Лины, что надо было быть с ней пожестче, а то она выросла слишком независимой особой. А ворчать по этому поводу он непременно будет — как минимум по часу каждый вечер на протяжении всей недели причем тоном, не требующим возражений. Когда наступит время отъезда, он снова вернется к этой теме, а потом, пока эти два года Лина будет в отъезде, он то и дело будет это припоминать. И даже этих трех часов спасения в воскресенье, когда приезжает Лина, не будет. На протяжении двух лет, пока Лина не вернется, ей придется это сносить в одиночку.

Все эти мысли, пронесшиеся в голове в течении этих двух секунд, что она смотрела на Лину, наполнили её взгляд паникой и мольбой. Лине было жаль маму, но спасти её она не могла. За последние несколько лет позиция Лины сменилась и она считала, что если маму что-то не устраивает в её отношениях с мужем, то то она должна откровенно поговорить с ним, чтоб изменить ситуацию, а если ситуация не измениться, то его надо попросту прогнать — ведь дом, в конце концов, записан на маму в результате длящегося два года после развода раздела имущества.

Понимая, что Лина не переменит своего мнения поехать в Лондон, мама сжалп губы, мысленно настроилась, повернулась к своему мужу и сказала: «Лину направляют на работу в Лондон. Ее начальник хочет, чтоб она помогла открыть новый офис».

«Правда? Это хорошо», — сказал он своей жене, не обращая внимания на Лину. Он уважал то, что по его мнению, называлось субординацией в семье. Себя он считал полевым генералом, свою жену — сержантом, а Лину — низкоразрядным рядовым. Офицер никогда напрямую не обращается к рядовому — это он уяснил во время войны во Вьетнаме в 1960-х.

«Да, для нее это хорошо. Отличная возможность сделать карьеру», — сказала мама Лины, пытаясь вложить как можно больше позитива в эти слова.

«Точно», — сказал он более строгим тоном. Лина неохотно улыбнулась.

«Конечно, она бы предпочла остаться здесь, но её начальник, мистер Стринджер, рассчитывает на нее», — объяснила мама., Хотя Лина ничего подобного не говорила, она все же надеялась, что если он поймет, что это не Ленин выбор, то будет меньше её саму потом критиковать.

«Нет, нет, она должна поехать», — вторил он. «Чтобы сделать карьеру, Лина должна   научится делать то, что ей не особо хочется».

«Да, ты прав как никогда», — сказала мама, пытаясь показать, что его мудрость уважается и ценится.

«Когда мне начальство сказало, что я нужен в Сайгоне, я же не говорил, что я лучше с мамой буду», — сказал он с усмешкой. Он всегда считал, что его военный опыт, что он якобы рисковал жизнью во имя своей страны и демократии, это было доказательством его высшей мудрости. Правда же была в том, что он работал в пункте снабжения, который находился далеко от театра боевых действий, сначала рядовым, а потом прапорщиком. Для армии это была скучная и бессодержательная карьера. Когда закончилась его двухлетняя служба во Вьетнаме, его произвели в сержанты запаса, чтоб ему шло денежное довольствие. Ему даже предложили назначение в Филадельфии, работу в военном учреждении. Получив это назначение, он поступил в колледж на заочное отделение, изучал делопроизводство. Когда его отправили в отставку, он устроился снабженцем на склад, где и работал до сих пор.Именно от него, на его примере, Лина научилась быть преданной компании — то, чего многие люди до тридцати лет не поймают. Лина пока этого не осозновала, но за это она ему была обязана, так же как и за то, чему еще он её научил.

«Вот и хорошо. Довольно о работе, Лина», — сказала она с некоторой строгостью, как будто Лина наскучила всем своей болтолвней про работу. «Решено. Ты поедешь».

«Это правильно. Бессмысленно жаловаться. Ей надо извлечь из этой ситуации наибольшую выгоду», сказал он, очевидно соглашаясь с её назначением в Лондон. После, когда Лина уедет, он будет говорить совершенно другое.

Лина понимала, что сейчас лучше ничего не говорить. Обращаться к нему, когда он был в настроении покомандовать — а это настроение всегда наступало в такие моменты — это могло его рассердить, а спорить или попровлять маму в его присутствии обернется потом проблемами для мамы.

Чтобы уйти от обсуждения этой темы, мама Лины решила объявить: «Обед готов. Давайте за садиться за стол».

«Отлично. Я очень хочу есть», — сказал он, затем направился к премыкающей к гостиной столовой и занял свое место во главе стола. Как только стол был накрыт и они расселись, он поочередно накладывал себе из каждого блюда, затем передавал блюдо жене, чтобы она накладывала себе. Убедившись, что у каждого есть еда на тарелках, он сказал «Давайте есть» и преступил к обеду. Он должен был прожевать первый кусок, прежде, чем Лина с мамой могли взять вилки и начать есть. Замерев с едой на вилке еще на несколько секунд, они ждали, когда он похвалит еду.

«Ммм… Очень вкусно. Очень» — сказал он комплимент своей жене.

«Спасибо. Я рада, что тебе понравилось», — сказала мама Лины в ответ. Только теперь Лина с мамой могли положить кусок в рот и начать есть — таков был их ритуал. Теперь и только теперь Лина с мамой положить кусок к себе в рот и начать есть — таков был их ритаул. Сам он никогда не просил соблюдать это ритуал — он сам по себе создавался и оттачивался годами, пока не стал автоматическим.

Лина этот ритуал ненавидела. Но он был прав: еда была отменная. Для Лины мамина вкусная еда было единственным приятным моментом воскресных посещений дома детства.

❦

«Я не могу себе представить, что ты уезжаешь», — крикнула Лекси Лине, когда на неделе они пошли в бар недалеко от офиса.

«Знаю, это печально, но ты же справишься без меня», — сказала Лина с сарказмом.

«Ха!» — с издевкой воскликнула Лекси. «Вопрос в том, справишся ли ты без меня».

«Конечно справлюсь», — сказала Лина с несколько озадаченным видом. «Почему ты считаешь, что я не справлюсь?»

«Ох, Лина, Лина» — сказала она, слегка посмеиваясь.

«Что?»

«Я твоя лучшая подруга — и единственная! Ты почему-то отказываешься это признавать», — сказала она покачав головой.

Лина сделала гримасу и сказала: «Ты опять об этом?»

«Да, да все опять», — подтвердила Лекси. Лина махнула рукой. «Хорошо. Больше не буду», — сказала она. «Давай лучше поговорим о Лондоне».

«Хорошо, давай» — сказала Лина с некоторым

облегчением.

«Что бы я хотела узнать о Лондоне, так это почему ты туда едешь», — поинтересовалась Лекси.

«Ну потому что Стринджер попросил меня туда поехать, а я подумала, что это будет шаг вперед по карьерной лестнице», — объявила она, частично повторяя мамины слова.

«Ха!», — воскликнула Лекси, — «Врешь!»

«Почему это? Что ты имеешь ввиду?» — с вызовом спросила Лина.

«Никакой это не шаг вперед по карьерной лестнице. Ты просто хочешь уехать от родителей», — заметила Лекси, — «а не делать карьеру».

Лина склонила голову и кивнула, признавая правдивость слов Лекси. Она очень хотела уехать из города, и ей нужна была передышка в общении с родителями. То, как скажется и скажется ли вообще на её карьере этот двухлетний опыт работы в Лондоне, на этот момент было абсолютно не важно.

«И», — Лекси сказала чуть нахально, чтоб привлечь внимание Лины, — «И..». Она выдержала паузу для создания эффекта.

«И что?» — спросила Лина, пытаясь понять, что еще она может сказать.

«И то, что Стринджер совсем не в Лондон собирался тебя направить» — сказала она с загадочной улыбкой.

«На что это ты намекаешь?» — с осторожностью

спросила Лина.

«На то, дорогая моя подруга, что он не просил тебя ехать на работу в лондонский филиал». Лекси называла её «дорогая моя подруга», когда, по её мнению, Лина вела себя не достаточно хорошо и нуждалась в нравоучении. «Он хотел, чтобы ты работала в офисе в Берлине».

«Кто это тебе сказал?» — тихо спросила Лина, слегка вогнув плечи в себя.

«Неважно кто», — авторитетно заявила Лекси. «Что мне хочется знать, так это почему ты отказалась поехать работать в Берлин, а напросилась в Лондон».

«Я не отказывалась от назначения в Берлине», — сказала Лина протестуя. «Я просто указала, что от меня будет больше пользы в лондонском филиале».

«Ха! Чушь!» — заявила Лекси. «Не прикидывайся. Меня-то ты не проведешь». Лина сжалась, надеясь, что Лекси не скажет то, что Лина знала, она собиралась сказать. «Ты просто хочешь, чтобы то предсказание не сбывалось». Она порой ненавидела Лекси — только порой.

Лина неуверенно ответила: «Это было месяц назад. Уверяю тебя, что в тот момент я об этом и думать забыла», — сказала она с таким безразличным и уверенным видом, какой только могла изобразить. Лекси недоверчево ухмыльнулась. «Просто я предпочитаю Лондон», — сказала Лина, пытаясь сделать упор на другой причине.

«Ты такая лгунья», — сказала Лекси смеясь. Лина

тоже хотела засмеяться, но не осмелилась.

«Все, что я могу сказать, что ты без меня будешь скучать», — сказала Лекси прежде, чем отпить из бокала. Лина улыбнулась, но ничего не ответила. Она будет скучать по Лекси, хотя она сама этого и не знала. Она пока не поняла, какую роль Лекси играет в её жизни.

Лекси тоже будет скучать по Лине, но у Лекси есть и другие друзья. Правда, из всех своих друзей она больше всего любила и восхищалась именно Линой. Она сама не понимала, почему она так привязана к Лине, но это было так. Она была рада за Лину, что та направляется в Лондон, но ей было грустно расставаться с лучшей подругой. Когда она узнала от ассистента мисс Гамильтон — а именно от неё она и узнала — что Лина была в списках сотрудников лондонского филиала, она постаралась сделать так, чтобы и её направили туда. Ей не хотелось терять Лину и она чувствовала, что нужна ей, хотя Лина и отказывалась себе в этом признаться. К сожалению, из маркетингового отдела уже ехал кто-то другой, Лекси слишком поздно изъявила свое желание поехать. Мысленно она обругала этого Феликса из их отдела, которого увидела в списке работников лондонского офиса, а при встрече она его поздравила.

«Итак, никаких больше вечерних посиделок между Лекси и Линой», — с горечью сказала Лекси.

«Я иногда буду приезжать», — сказала Лина, утешая её. «А через пару лет вернусь»

«На это я и надеюсь», — сказала Лекси

нахмурившись, как будто собираясь заплакать.

Для Лины было странным видеть, как Лекси печалится по поводу её отъезда. Для Лины, они всего лишь вместе работали. Но все же Лина призналась самой себе, что ей нравились все эти сентименты, хотя она и поспешила отбросить их, полагая, что Лекси скоро её забудет.

«Давай поговорим о чем-то более забавном и интересном», — предложила Лекси.

«Хорошо, давай» — радостно согласилась Лина.

«Как ты думаешь, сколько вон тому парню лет?» — спросила Лекси кивая в сторону симпатичного молодого человека, сидевшего наискосок от них.

Лина посмотрела куда она указывала и спросила: «Которого из них?»

«Тот, который вот уже минут пятнадцать посматривает на тебя», — пояснила Лекси.

«Я не замечала», — сказала Лина. Это было не правдой.

«Врешь», — сказала Лекси в ответ и засмеялась. На этот раз Лина тоже засмеялась, чувствуя облегчение, что они переключились на более спокойную тему. Теперь она понимала, что будет скучать по Лекси. Она это поняла, когда они перестали смеяться, и Лекси осмотрелась вокруг в поисках других симпатичных молодых людей. Она улыбнулась, когда поняла, что будет скучать, но ничего не сказала Лекси.

Глава седьмая

В Лондоне компания заключила договор с риэлторскоим агенством, которое помогло Лине найти меблированную квартиру. На это ушло три недели. В агентстве её пытались убедить снять жилье з хорошем районе, но Лина не хотела переплачивать больше, чем ей было отведено на жилье, чего хватило бы на скромную квартиру в недорогом районе. Она могла бы отказать от своей квартиры в Филадельфии и тогда бы она могла себе позоволить гораздо более роскошную квартиру, но она приложила столько усилий, чтобы сделать ту квартиру для себя, обставить её так, как ей нравится, что не могла и подумать о том, чтобы отказаться от этой квартиры, если была хоть какая-то возможность её оставить. А возможность была — Стринджер был щедр на оплату своим сотрудникам, которые уехали в европейские филиалы.

Вечером в пятницу она получила ключи от своей новой квартиры. Сразу же направилась в ближайший супермаркет купить чистящих средств и запас еды. Её очень вдохновляла эта новая работа, новый дом, другой город, другая страна. Квартира оказалась хорошей. Напротив входной двери располагалась гостиная, окна которой выходили на улицу. К гостиной примыкала кухня, которая разделялась от гостиной барной стойкой. С другой стороны гостиной был небольшой коридор, ведущий в две другие маленькие комнаты и ванную среднего размера.

Квартира была хорошо обставлена: ничего старого и все же лучше, чем мебель из Икеи. Она не любила икеевскую мебель. Мебель в Икея стоит сравнительно недорого и стильно выглядит неплохо первое время после сборки, но через пару лет, эта мебель проседала, набухала, трескалась или облуплялась. Несмотря на более высокую цену, она предпочитала мебель из дерева, стекла, металла а не ламинирового ДСП.

Весь вечер она провела за уборкой, перемывая и пребирая всю квартиру. В квартире было чисто, но все же не так, как если бы она сама сделала уборку. Ей было не уютно в доме, в котором не она пребиралась. Квартира становилась домом после того, как она залезла в каждый уголок, везде потрогада, пролезла в каждый угол и каждый закуток. Может, она уже и не была беременной, но инстинкт гнездования в ней все еще был силен.

Разложила одежду в комоде и в шкафу, переставила мебель. Она сделала заметки про каждую комнату — размер кровати, тип и цвет патронов и лампочек (ей не понравились их цвет и степень напряжения) - и размер кухонных шкафов. Она провела тщательную опись всего имущества в квартире и оценила масштаб перемен в квартире. На мобильный она сделала несколько снимков каждой комнаты с разных ракурсов чтобы иметь их под рукой.

На следующее утро в субботу она рано проснулась.

Сложила в сумку телефон, свои заметки, план квартиры, который затребовала в агентстве. В первую очередь она направилась в магазин инструментов в паре кварталов от её дома, где купила другие патроны, настилы для полок, гвозди и крючки для картин и фильтры для кранов, которых не было в её квартире, и несколько инструментов (молоток и отвертку) и электрическую дрель. Потом она направилась в магазин лакокрасочных товаров, расположенный еще в нескольких кварталах, где она взяла несколько образцов краски, цвета которые могли подойти под её стиль. По дороге обратно домой она забралась на второй этаж красного лондонского автобуса, которыми славился Лондон. С высоты автобуса она рассмтривала здания и людей. Для местных, эти улицы были ничем не примечательны, а для нее они были восхитетельными. Все казалось таким красивым и очаровывающим. Она ликовала — она была свободна и просто счастлива.

Она почти никого не знала в Лондоне, только руководителя филиала и еще одного сотрудника из отдела продаж, который тоже переехал из Филадельфии, но который уже дано занимался европейскими клиентами. В головном офисе в Филадельфии они почти не общались, а здесь они постоянно были в контакте — не как друзья, а как коллеги. Офис был новый, а сотрудников там было не так много. Они вместе решали вопросы — где брать кофе, где заказать канцтовары, как организовать доставку еды в офис, когда приходится работать за обедом. В этом маленьком новом офисе был более сильный дух товарищества. Лине это нравилось, хотя в головном офисе в Филадельфии она не понимала подобного рода чувств, а здесь были другие правила игры и она их принимала.

Пару раз коллеги по Филадельфийскому офису говорили, что они пойдут в бар после работы вместе с коллегами из Лондона, и они приглашали Лину присоединиться к ним. Но она предпочла не изменять этому правилу — проводить время с коллегами вне работы. В Штатах она могла пойти только с Лекси, и то в основном только в бар, и очень редко - поужинать. Она строго соблюдала это правило - не ужинать с сослуживцами за одним столом. Только для Лекси она делала исключение, и то потому, что они вместе учились и только, когда было уже нельзя отказать Лекси поужинать с ней.

Хотя она и считала Лекси коллегой, а не подругой, Лекси бы она в этом никогда не призналась. Однажды, много лет назад, она уже совершила подобную ошибку — с другой коллегой, которая работала бухгалтером. Они тоже вместе учились в университете, и несколько раз встречались в кафе. Лина, когда покупала квартиру в Филадельфии, попросила её помочь разобраться с налогами. Подруга сказала, что у нее правило не помогать друзьям с налогами или другими бухгалтерскими расчетами. По её убеждению, это осложняет дружбу. Лина объяснила ей, что не считает её подругой, а просто бывшей сокурсницей. Девушка расстерелась и не знала, что сказать. Лина поняла, что она её обидела. Она, конечно же, сожалела о сказанном, но взять слова обратно она не могла, и не знала, как смягчить ситуацию. Затем девушка сказала, что свяжется с ней, потому как в последнее время было очень много дел. Больше они не встречались, да Лина и не пыталась с ней связаться — знала, что так будет лучше.

Поэтому, когда Лекси начала упорно предлагать Лине вместе поужинать, Лина придержала язык и не сказала про свое правило о разделении стола с коллегами за ужином, и они вместе пошли в кафе. Лекси чувствовала, что это выводит Лину из зоны комфорта, поэтому не злоупотребляла этими совместными ужинами, довольствуясь совместными походами в бар после работы, против которых Лина, казалось, не возражала. Лина же воспринимала их посиделки в баре как будто ей надо задержаться на работе, когда надо немного выпить и повеселиться, а в офисе этого делать нельзя. Мысль эта была глупой, но в такой её формулировке сознание принимало совместные походы в бар и только с Лекси.

В Лондоне же не было никого, с кем бы она могла пойти в бар или на ужин, так чтобы это не противоречило её принципам. Не с кем было проводить выходные, да и никто не мог даже подумать о том, чтобы её пригласить. Каждый вечер она просто шла домой, заказывала еду в китайском, индийском или еще каком-нибудь этническом ресторане, которые осуществляли доставку. Выходные она проводила одна, осматривая достопримечательности, как туристка — Вестминстерское аббатство, Букингемский дворец, другие места, которые она хотела посмотреть.

Она скучала по Лекси. Хотя самой себе в этом не признавалась, она начала чувствовать, что скучает.

Да, она была удовлетворена этой жизнью, но она понимала, что если бы Лекси была здесь, Лондон бы понравился ей больше.

❧

Со всеми своими покупками Лина вернулась к себе в квартиру и начала распаковывать сумки. Включила музыку в гостиной, заиграл джаз, направилась в комнаты с цветовыми образцами красок, чтобы решить какой оттенок лучше подойдет для каждой комнаты. Она планировала сделать из одной комнаты кабинет. В той комнате стояла маленькая кровать, которую она использовала как диван. В гостиной она увидела небольшой стол, который она собиралась переставить туда, чтобы иногда работать дома, бродить по Интернету или просто оплатить счет. Ей просто надо купить еще маленький приставной столик, красивую настольную лампу и сделать уголок для чтения. Она сделала копию своего альбома с фотографиями, который намеривалась разместить на этом столике. «И вот тогда все будет как надо», — подумала она. При этой мысли она улыбнулась.

Неожиданно раздался звонок в дверь. До этого она не слышала, как звенит её дверной звонок, ведь к ней никто не приходил. Звонок напоминал сигнал из игры Операция. Она играла в эту игру однажды, ей было лет восемь, и ей тогда игра не понравилась. Игра казалась глупой, а когда она делала ошибку, этот звук пугал. Вот и на этот раз звук завставил её вздрогнуть от испуга, она вскрикнула что-то и стукнула себя ладонью по груди. Через мгновение она поняла, что это звонят в дверь. Лина подошла к двери и посмотрела в глазок. За дверью никого не было видно. Открыв дверь, она посмотрела в подъезде, вышла на лестницу и посмотрела вниз. Опять никого.

Она вернулась в квартиру. Как только вошла, вновь раздался звонок в дверь, она снова вздрогнула, поскольку он раздался прямо над головой. Только тут поняла, что звонят с улицы, с подъездного домофона. Хотела нажать кнопку и спросить, кто там, но по ошибке нажала кнопку открытия двери. «Алло?» — сказала она, но никто не ответил. Она все еще нажимала кнопку разблокировки двери, а не разговора. Положив трубку, она пошла к окну в гостиной, входная дверь была не заперта. Посмотрела в окно на улицу, пытаясь разглядеть крыльцо у подъезда. Там никого не было видно. Она прижалась щекой к окну и нахмурилась. Надо будет протереть, а то пятно останется.

Повернулась и вдруг увидела Лекси. «Сюрприз!», — крикнула та.

«О Боже!» — вскрикнула Лина.

Лекси засмеялась, подбежала к Лине и обняла её.

«Ты меня до смерти напугала», — сказала Лина рассмеявшись. Она была рада увидеть Лекси.

«Прости. Я думала, будет весело», — сказала Лекси, все еще продолжая смеяться.

«А что ты делаешь здесь, в Лондоне?» — спросила Лина, направляясь к входной двери, чтобы запереть её;

«Это еще один сюрприз», — сказала Лекси с

улыбкой.

«Что? Что за сюрприз?» — спросила Лина. «Говори быстрей»..

«Меня тоже перевели в лондонский филиал», — заявила Лекси и взвизгнула. Лина не сллышала этот визг с тех пор, как они закончили универсистет.

«Да ладно? Здорово», — сказала Лина в ответ широко улыбаясь.

«Этот зануда, Феликс, решил в последний момент не переезжать. Какие-то проблемы с девушкой», — объяснила Лекси. «Тогда они сказали, что могут направить меня».

«Я рада», — сказала Лина улыбаясь.

Лекси нагнула голову набок и спросила: «Честно?»

Лина слегка отклонилась и, искренне улыбаясь, сказала: «Честно».

«Верю», — сказала Лекси. Она выглядела довольной.

Лина решила запереть дверь и заметила чемоданы Лекси, которые стояли в подъезде. «А! Твои чемоданы»

❧

«Да, я и забыла», — сказала Лекси. Лина закотила один чемодан, а Лекси - другой. Лина заперла дверь. «Лин, а можно я пока у тебя поживу?» — вежливо спросила Лекси.

«Конечно можно», — незамедлительно ответила Лина.

«Спасибо!» — радостно сказала Лекси.«Мне сказали, что я пока могу пожить в гостинице, но я подумала, что вместе веселее».

Лина улыбнулась и закатила чемодан Лекси в кабинет, которы теперь снова должен был стать спальней «Это будет твоя комната», — сказала она.

Лекси последовала за ней. «Здорово как. А ты где будешь спать?» — спросила Лекси озабоченным голосом. «Я могу и на диване поспать»

«Нет, это гостевая спальня», — объяснила Лина. «Тут две спальни»

Лекси остановилась в дверном проходе в спальню и крикнула: «Лина!». Лина обернулась. «Лина!» — Лекси крикнула погромче.

Лина откликнулась шутливым тоном: «Ты снова со своими обнимашками?»

«Да нет. Лина!» — повторила Лекси. «Это круто! Мы теперь соседки по комнате»,

«О Боже!» — сказала Лина.

«Ну здорово же. Мы соседки по комнате! Подумать только!» — радовалась Лекси.

«Ну да — как в сказке каких-нибудь братьев Гримм», — сказала Лина с ухмылкой.

«Тебе же тоже нравилась эта мысль. Все же здорово», — сказала Лекси, толкая чемодан в угол комнаты.

Лекси смотрела на Лину улыбаясь. Через

несколько секунд Лина спросила: «Что такое?»

Лекси развела руки в стороны и сказала: «Обнимашка?»

«Да ну», — сказала Лина, повернулась, собираясь выйти из комнаты. «Располагайся, соседка по общежитию», — в этом обращении слышался легкий сарказм. Лина направилась в кухню.

«Ура-ура!» — воскликнула Лекси. «Значит, решено? Мы соседки по квартире?»

«Да. Этот вопрос решенный», — выкрикнула Лина из кухни. Лекси снова вскрикнула от радости и начала распоковывать вещи.

Лина посмотрела на образцы краски, вновь возвращаясь к планам обустройства квартиры. Она улыбнулась, раздвинула палитру образцов и снова её сложила. Надо подождать, пока Лекси расположиться и выбрать цвет вместе.

«Лина, мы в Англии», — крикнула Лекси из спальни. Лина слегка склонила голову набок, не до конца понимая, требует ли это замечание ответа. «Завари нам чаю».

Лина улыбнулась и ответила: «Непременно». И начала заваривать чай.

Глава восьмая

Быстро шли недели. Лина и Лекси вместе выбрали, в какой цвет покрасить стены. Лина предпочитала спокойные тона, а Лекси — яркие, кричащие, веселые и хотела, чтобы они вместе красили стены. В конце концов, девушки пошли на компромис — выбрали яркие цвета, а Лина спокойно красила стены.

Лекси не задумываясь покупала вещи в квартиру. Лина всякий раз хмурилась, когда Лекси с радостью представляла очередное приобретение. Лекси либо не замечала, либо не верила, что Лине её покупки могут не понравится. Она и представить себе не могла, что у Лины может быть другой вкус к интерьерным вещицам. Лина же в основном сетовала по поводу цены. Они договорились делить расходы на покупки для квартиры пополам, за исключением тех, которые покупают в свою комнату или для себя. Лекси предпочитала более дорогие вещи. Вещи были приятными, но Лина стремилась не тратиться. Лекси утверждала, что Лине не надо компенсировать половину стоимости, но Лина всегда вносила свою долю.

Несмотря на различия в стиле жизни и поведении, девушки хорошо ладили. В первые после переезда дни Лина бывало поторапливала Лекси по утрам, чтобы не опоздать на работу. Их повседневные привычки выработались. Девушки выходили вместе поужинать.

Они обсуждали и рабочие моменты, а не только бытовые вопросы. Для них было в порядке вещей сказать друг другу что-то напрямую или высказать недовольство друг другом в тех редких случаях, когда между ними возникали разногласия. В основном же, они привыкли друг к другу. Лина считала, что это самые лучшие дружеские отношения, которые когда-либо были.

Лекси же порой беспокоилась из-за Лины, поскольку та никак не хотела устраивать личную жизнь. Лина никогда не говорила о своих чувствах, поэтому, когда Лекси нашла как-то под диваном Линин дневник, она решила, что её опасения за подругу могут служить оправданием почитать его. Лина делала там записи в то утро, когда Лекси долго спала. Лина спрятала дневник под подушку, а потом пошла на прогулку в парк и забыла перепрятать его. Лекси знала, что дневники читать нельзя, но не смогла удержаться — ведь на первой странице было её имя. Дневник был новый, Лина начала его вести, как переехала в Лондон.

«Лекси все еще верит, что предсказания этого самозванного оракула сбудутся. Эти предсказания ей так нравятся. Я же в них не верю. Это было бы слишком просто и симметрично, а я давно поняла, что в жизни симметрии не существует. Не могу сказать, что больше не надеюсь. Нет, надеюсь. Но даже кресло для гостей, которое стоит у меня в гостиной в квартире в Филадельфии, то, как я вижу, что кто-то садится в кресло — это мне кажется более реальным, чем слова той сумасшедшей старушки. Все предсказания должны сбываться, иначе для чего вообще их делать? Тогда это просто слова, из которых состоит история для детей или для пустышек типа Лекси».

«Эй!» — воскрикнула Лекси. Нахмурилась и продолжала читать.

«У меня есть надежда. У меня просто нет друзей, или нет веры в друзей».

Это Лекси не понравилось.

«Ведь только надежда и ничего больше сподвигло меня пойти тогда на свидание с парнем, с которым была едва знакома».

Лекси посмотрела на дату записи и заметила, что это было за неделю до её приезда.

«Надежда остается даже после этого ужасного свидания. Он говорил очень много, но только о себе».

«Я не упрямая, просто во мне, наверно, очень силен дух противоречия, который и позволяет мне идти дальше. Иначе я бы давно сломалась. Этот парень — как же его звали-то? Сначала казалось, что он может вдохновить, что на него можно положиться. Он в чем-то напоминал отца. Наверное, дедушка Фрейд всякий раз переварачивается в могиле, когда очередная девушка говорит, что парень похож на отца.

Лекси хихикнула и пробормотала: «Глупость какая».

«Мне нравятся люди, которые знают, чего хотят в этой жизни, которые любят жизнь. Этот парень казался именно таким. Таково было мое первое впечатление о нем, и, когда он пригласил меня поужинать, я согласилась. Ведь у меня же есть надежда».

Лекси улыбнулась.

«Когда я летела над Атлантикой сюда, увидела, как два облака соеденились в одно, и подумала, что в жизни может быть точно так же, что я тоже могу быть облаком, которое столкнется с другим и соедениться. Именно поэтому я и согласилась пойти на свидание с этим парнем с британским именем».

«Ох, Лина! Так значит ты помнишь, как его звали», — сказала Лекси мягким голосом. Она глотнула кофе и стала читать дальше.

«Чтобы там не думали другие, мне нравится, когда у людей есть истории, поскольку моя история проста и стара как мир. Моя история ограничена работой и домом. Психологи могут сказать, что у меня какой-нибудь комплекс неполноценности, который мешает мне жить. Нет, не мешает. Я люблю слушать истории других. При этом все больше замечаю, что чем интереснее история, тем меньше человек об этом говорит. И наоборот — степень тривиальности истории пропорциональна долготе рассказа человека о самом себе»

«Хмм….», — громко сказала Лекси. Решала, что она подумает потом, как это вяжется с Линой. Потом, точно потом. Вдруг Лина скоро вернется, ведь она не знает, куда та пошла. Поэтому лучше постараться дочитать.

«Но этот парень, почему он не давал мне и слова вставить? Это вопрос к самой себя, я ни к кому не обращаюсь — это же дневник...»

При этих словах Лекси стало несколько стыдно, она усиленно поморгала несколько секунд, но вскоре это прошло и она продолжила чтение.

«...но этот дух противоречия и осколки надежды, которые я пытаюсь собрать воедино, не дают мне впасть в отчаяние»

«Когда он спросил, курю ли я, и, прежде, чем я успела ответить нет, он сказал, что девушки не должны курить, я едва сдержалась, чтобы не попросить сигарету у дамы за соседним столиком. От этого парня (имя-то как его?) как будто сразу захотелось отравиться никотином, сократить жизнь на день — и пусть бы это был тот день, когда я согласилась с ним поужинать»

«Ох, Лина, ты иногда так переживаешь из-за мелочей», — сказала Лекси, выдавив смешок.

«Он сказал, что мой предыдущий парень наверно был богатым, раз у меня такая дорогая сумка. Дурак надменный, у него и в мыслях не было, что я сама могла заработать себе на сумку. Так и дала бы ему! Но я терпелива. Надо повторять эту фразу сорок раз подряд каждый день на протяжении сорока дней. Это принесет положительные изменения в мою жизнь — а не бредни старушки в парке».

Лекси покачала головой.

«У меня есть терпение и есть надежда. У меня просто нет друзей».

Эта строчка задела Лекси. В дневники Лины были еще записи, но Лекси не стала их читать. Она чувствовала себя несколько обиженной и не хотела больше читать. Даже пожалела, что вообще стала читать это дневник. Больше она точно этого делать не будет.

Почему Лина не видит в ней друга? Что нужно, чтобы она приняла их дружбу? От этих вопросов становилось грустно. Может быть, это было ошибкой, приехать сюда, ворваться в жизнь Лины, в её дом. Может, лучше вернуться в офис в Филадельфию, и начать искать другую работу в другой компании?

В этот момент она услышала шаги в подъезде. Лина стала открывать дверь. Лекси быстро положила дневник на место и направилась к себе в комнату, как будто она всего лишь зашла на кухню налить себе кофе. Лина поприветствовала её и улыбнулась. Лекси слегка кивнула и ничего не сказала, а лишь поднесла руку у виску, как будто показывая, что у нее болит голова. Лина предположила, что наверное вчера Лекси выпила больше обычного. Лекси снова кивнула и прошла к себе.

Лина посмотрела туда, где стоял диван и увидела свою любимую ручку на кофейном столике. Она вздрогнула, вспомнив, что оставила дневник под диванной подушкой. Быстро подошла к дивану,схватила ручку и дневник. Направляясь со всем этим к себе в спальню, но остановилась, подумав, что Лекси, может быть, прочла дневник. Она посмотрела в сторону комнаты Лекси, дверь в которую была приоткрыта. Как она поняла по доносившимся из комнаты звукам, Лекси сидела на кровати и что-то печатала на ноутбуке. Прислушалась, услышала, как Лекси вздыхает. Подумала, может ли какая-то из записей в её дневнике быть так огорчить Лекси. Про Лекси она почти ничего не писала, если не считать записей про то, что глупо верить предсказаниям и еще про то, что Лекси транжира. Но ведь она это же самое говорила Лекси напрямую.

«Нет, скорее всего, Лекси не читала дневник», — подумала она, — «а даже если и читала, то ничего страшного». Эта мысль успокоила её. Она спрятала дневник под подушку и решила не спрашивать Лекси, читала ли та дневник. Она не будет думать плохо о Лекси.

❧

Однажды вечером они пошли в ресторан около Лондонского моста, на улице Белмондси. Место было замечательным — со вкусной едой и услужливыми официантами. Кроме того, в этом ресторане было много симпатичных молодых людей — к счастью для Лекси. Теперь, когда эмоционально Лекси чувствовала себя лучше, она тоже стала засматриваться на молодых людей, и Лекси не нужно было её к этому подталкивать. Ей было двадцать девять лет, и она была привлекательна. Мужчины замечали её и иногда подходили к ней в баре. В прошлом её непреступность отпугивала их. Теперь же их стремление покорить её длилось чуть дольше.

В тот вечер, после того, как Лина и Лекси насытились закусками за шведским столом — это и составило их ужин — и допивали по второму бокалу вина, к ним направились двое молодых людей.

«Ох и ах», — предупредила Лекси Лину, не опуская бокал после очередного глотка. «К нам направляются двое молодых людей, очень симпатичных».

Лекси с интересом посмотрела в направлении взгляда Лекси. К ним действительно направлялись двое молодых людей — достаточно высоких, особенно по сравнению с девушками. Один из них был высоким, с густыми, но не длинными волосами, с выразительными карими глазами. Он был достаточно стройным, хорошо сложен. Видно было, что он ходит в спортзал, но не часто. Второй был чуть пониже, кудрявый блондин, с хорошо очерченными скулами и улыбкой на миллион долларов — или на миллион фунтов стерлингов если учитывать местную валюту.

Поставив бокал на стойку Лекси сказала сквозь натянутую улыбку: «Блондин мой». Лина насмешливо хихикнула в ответ.

Брюнет заговорил первым, блондин же стоял рядом, но слегка рядом и чуть в стороне. «Добрый вечер, девушки. Как вы поживаете?»

«Хорошо», — сказала Лина.

«Отлично», — сказала Лекси. «Я Лекси, а это Лина». Лина закатила глаза — ей не понравилось, что

Лекси назвала их имена, когда ее даже об этом не справшивали.

Брюнет ответил: «Я Винай. Очень приятно, Лекси и Лина». Называя каждую девушку по имени, он перевел взгляд с одной на другую при этом улыбаясь.

«А как зовут вашего друга?» — спросила Лекси, улыбаясь этому другу — блондину.

«Его зовут обычным именем», — сказал Винай с усмешкой. Блондин вышел из-за спины друга-брюнета, подошел поближе к Лине, протянул руку и сказал: «Приятно познакомиться, Лина». У него был легкий акцент, явно не британский. Лина подумала, что голландский. С полуусмешкой она посмотрела на его протянутую руку. Не желая все же быть не вежливой, она слегка пожала её.

Сначала Лекси очень не понравилось, что блондин предпочел Лину, а не её. В конце концов, она на него ставила. Но её раздражение длилось недолго, поскольку второй сказал: «А я бы хотел узнать больше о вас, Лекси. Вы американка?»

Лекси посмотрела на Виная, улыбнулась и сказала: «Да, мы с подругой американки».

«И вы очень красивые. Вы так красиво улыбаетесь», — сказал Винай как можно более любезным тоном.

«Ой, спасибо», — сказала Лекси радостно. Она так любила комплименты.

Винай пододвинул стул и сел поближе к Лекси. Начал задавать вопросы, которые   обычно задают иностранцам — что заставило её переехать в Лондон и как ей здесь нравится. Из-за шума Лина уже не могла слышать все, что говорил Винай, и она переключилась на блондина. Взяв стул, который стоял у другого столика, при этом даже не спросив разрешения, он пододвинул его. Лина подумала, что для него, возможно, это обычное дело. Он сел и улыбнулся, показывая ослепительно-белые зубы. В этой улыбке все было чуть слишком совершенно — так считала Лина. Улыбка была милой, но не заряжала радостью. Может быть потому, что не выражала искренних эмоций.

Стараясь быть вежливой, Лина спросила: «Как вас зовут? Вы так и не назвались».

«Да, так и не назвался», — сказал он в ответ. Лина подумала, что беседа все никак не оживится и оставалось только надеятся, что она и не затянется. Лина нашла его довольно симпатичным, но если ему нечего сказать, и он, словно школьник, которому сказали написать сочинение с определенным количеством слов, будет выуживать из себя каждое слово, то лучше бы тогда он пересел за другой столик и общался с кем-нибудь другим. Винай, по крайней мере, знал, как вести беседу с девушкой, которую только встретил, даже если он и не был в этом очень искусен.

«Меня зовут Ганс», — неожиданно отозвался блондин.

«Что?» — вскричала Лекси, — «Ганс?!».

Винай остановился на полуслове, недоуменно поглядывая то на Ганса, то на Лекси.

Ганс выглядел смущенным, но спокойно сказал:

«Да, Ганс».

«О боже! О боже, боже, боже!» — сказала Лекси широко улыбаясь.

Лина сердито посмотрела на нее и сказала: «Лекси! Ну перестань». Она знала, о чем та думает и не хотела, чтобы их новые знакомые узнали об этом. Лекси перестала восклицать, и лишь лукаво посматривала на Лину и Ганса.

«А что такое? Мы уже знакомы?» — спросил Ганс.

Лина вновь посмотрела на Лекси в упор и сказала: «Нет, не знакомы. Подруга просто дурачится».

Лекси улыбнулась, схватила сумочку, затем обратилась к Винаю: «Пойдем выйдем покурить».

Он ответил: «Хм, давай, но я не курю».

Встав со стула, она взяла его под ручку и сказала: «Я тоже не курю, просто давай выйдем подышать и продолжим выяснять, что у нас общего». Он улыбнулся, очевидно соглашаясь с этим. Они вышли , оставив Лину и Ганса наедине.

«Что это было?» — спросил Ганс, когда Лекси и Винай вышли.

«Да ничего. На нее порой нападает настроение подурачится», — сказала Лина, надеясь, что Ганс не станет продолжать тему. Он и не стал. Он не был любопытным.

«Расскажи мне о себе», — сказал он, широко улыбаясь. Он очень старался, чтобы улыбка на него работала. Лина даже подумала, что он, должно быть, тренируется каждый вечер перед зеркалом, все больше восхищаясь своей улыбкой.

«Да немного рассказывать», — ответила Лина. Она не была склонна продолжать беседу. Но, стараясь быть вежливой и поболтать с Гансом еще чуть-чуть, поскольку Лекси закатила сцену и будет грубо уйти и оставить его одного, раз Лекси забрала его друга. «Откуда ты? Я уловила легкий акцент».

«Из Швейцарии», — сказал он. Она не так определила его акцент, что неприятно удивило её. Обычно она гордилась тем, что легко определяла акценты — в этом было что-то от мировой значимости. «Из Цюриха», — добавил он.

«Ты хорошо говоришь по английски», — сделала она комплимент, не зная, что еще сказать. Беседа явно не клеилась. Он явно не владел искусством общения, да к тому же, по мнению Лины, его имя работало против него.

Лина не верила во всякого рода видения, психоделические предсказания и всякую такую чушь. По складу ума она была математиком и логиком. Финансовые прогнозы она выстраивала только на основании фактических данных. Факты - вот что она предпочитала. Предсказатель для аналитика все равно, что астролог для астронома — последний заслуживал уважения, а первый был посмешищем. Она не уважала, не могла уважать и никогда не будет уважать видения какой-то сумасшедшей, которая наскочила на нее на улице, утверждая, что видела её будущее.

Тем не менее, Лину это беспокоило. Она не могла отказаться от мысли, что эта сумасшедшая, возможно сама того не желая, описала ей достаточно красивое будущее, а Лина не хотела принять это будущее или помогать складывать частички этой мозаики грядущего воедино. «Та женщина была просто сумасшедшей, только и всего», — подумала Лина, а Ганс между тем, продолжал говорить о чем-то, но Лина не слушала. «Просто сумасшедшая», — сказала Лина вслух, сама того не замечая.

Ганс озадаченно посмотрел на нее и спросил: «Что?»

И Лина поняла, что последнюю мысль она непроизвольно высказала вслух. «Прости. Ничего. Послушай, было приятно с тобой познакомиться, но мне надо идти».

«О, хм, ja, конечно», — сказал Ганс. «Может, мы еще встретимся как-нибудь».

«Прости, но нет», — сказала она прямо. Она взяла чек со стола, улыбнулась молодому человеку и направилась к стойке оплатить его. Бедный Ганс остался один, страясь понять, что он сделал не так.

Несколько минут спустя Лина уже ловила такси. Лекси увидела её и крикнула: «Эй! Куда это ты собралась?»

«Домой», — сказала Лина. «Ты можешь еще остаться. Я просто устала».

«Не буду я оставаться. Подожди!» — сказала она отталкивая Лину от такси, которое только что подъехало. Придерживая Лину за рукав, она вытянула визитку из бокового кармана сумки и дала его Винаю. «Позвони мне на днях».

Он широко улыбнулся и сказал «Конечно. Пока!»

Лина села в такси. Лекси чмокнула Виная в щеку и тоже сказала «Пока!», затем села в таки рядом с Линой на заднем сиденье. «Итак, что там с Гансом? Когда вы снова увидетесь?» — с нетерпением спросила она.

«Девушки, куда поедем?» — спросил водитель такси. Лина назвала адрес на Вакстон стрит в восточном районе Лондона, куда они и направились.

«Так когда?» — Лекси повторила вопрос.

«Я не хочу больше с ним встречаться», — сказала Лина слегка раздражаясь.

«Что?» сказала Лина разочарованно. «Ты такая Елена Демур. Ты знаешь это?»

Лина ответила: «Да, Александра Найвински. Я такая».

«У тебя на все один ответ», — отметила Лекси. «Но от судьбы не уйдешь».

«Я не верю в судьбу», — заявила Лина.

«Да, не веришь, и делаешь все, чтобы уйти от судьбы».

«Это ты так думаешь», — резко ответила Лина.

«Да, я так думаю», — сказала Лекси, в её голосе чувствовалася гнев. «Что не так с этим Гансом?

Классный парень».

«С ним скучно!» — воскликнула Лина.

«Скучно, значит! Да ты с ним и пяти минут не поговорила, а уже решилиа, что скучно».

«Да, все так и было. С ним праьда скучно. Ему нужен только секс, а мне такие, которым нужен только секс, и которым я не интересна, уже надоели», — объяснила Лина. Она хотела рассказать Лекси, что установила себе мараторий на отношения на два года, но решила, что пока об этом лучше не говорить. «Да и потом — не ты ли его первая застолбила?»

Водитель усменулся. Они посмотрели на него, забыв, что он мог подслушивать.

«Простите, девушки», — сказал он, посмотрев на них через зеркало. Это был пожилой англичанин, который, возможно, все свою жизнь работал водителем кэба.

«Ничего страшного», — ответила Лекси.

Они стали говорить потише, чтобы он не мог расслышать. Лекси считала, что если Лина и не верит в судьбу или видения, то она, по крайней мере, она не должна припятствовать им вмешиваться в её жизнь. Лина парировала, что она и не припятствует, и с какой стати она должна водить шашни с этим парнем с натренированной улыбкой, только потому, что его зовут Ганс? Лекси настаивала, что Лина верит в предсказания оракула, но просто не хочет признавать это, а упорно сама принимает решения. Лине этот спор уже наскучил и она предпочла его закончить.

«Хорошо, я закончу», — сказала Лекси. «Но, прежде чем закончить, я скажу еще одну вещь и после этого больше ничего не скажу - по крайней мере, сегодня».

«Отлично. И что же ты собираешся сказать?» — спросила Лина, который не терпелось покончить с этим спором.

«Ты можешь сколько угодно пытаться избежать судьбы, но она произойдет вне зависимости от того, хочешь ты этого или нет».

«Это все?» — спросила Лина. Лекси улыбнулась, при этом плотно сжимая губы, и кивнула.

«Хорошо», — сказал Лина, затем вздохнула и покачала головой.

«Девушки, мы приехали: Вакстон стрит», — объявил кэбмен. Они посмотрели в окно и увидели, что они и вправду стоят около своего многоквартирного дома. Они увидели старушку, консъержа за стеклянной дверью подъезда и всеобщего соглядатая, миссис Стил , которая рассматривала их из окна своей квартиры, расположенного рядом с подъездом. «Или, как говорил мой дедушка, Берлин стрит», — неожиданно добавил водитель.

«Что?!» — выкрикнула Лина. Лекси же открыла рот от изумления.

«Да. Бакстон стрит раньше назывался Берлин стрит. Раньше здесь жило очень много немцев. Это было официальное название улицы в течение долгого времени», — объяснил он, — «но в Первую мировую войну, королевское семейство сменило фамилию на Виндзоров и Берлин стрит стало Бакстон стрит».

Лина повернулась и посмотрела на Лекси. Лекси уже совладела с удивлением и улыбалась.

«Мой дед был немец. Он жил на этой улице. Большинство немцев до сих пор живут здесь». Водитель улыбнулся. «Знаете, девушки, если вас спросят, где вы живете, вы смело можете отвечать, что в Берлине». При этих своих словах он засмеялся.

Лекси жестом показал, что её рот на замке и улыбнулась. Лина разочарованно вздохнула, вышла из такси и направилась в сторону подъезда. Лекси поблагодарила водителя и заплатила за поездку. Она молча пошла за Линой, не говоря ни слова.

Когда они поднялись в квартиру, Лину повернулась и посмотрела на Лекси. Та сияла. Лина нахмурилась и сказала: «Ничего не говори!»

Лекси заулыбалась еще больше. Она прошла в гостиную, включила стерео систему, а затем поставила мобильный на базу, которая была подсоединена к стерео системе. Большим пальцем она провела по списку аудиофайлов. Лина направилась в кухню налить себе стакан воды, как неожиданно заиграла музыка. Эта была старая песня, записанная с пластинки, о чем свидетельствовал шаркающий звук иглы проигрывателя. В начале песни женский голос что-то говорил. Лина узнала спокойный голос немецкой певицы Марлен Дитрих.

"Berlin. Berlin. Das ist Berlin…" [1]

«Ааах…» Лина воскликнула и быстро направилась к себе в комнату, захлопнув за собой дверь. Лекси рассмеялась, села на диван и с удовольствием дослушала песню до конца.

Голос Марлен Дитрих продолжал: *"Du hast ja keine Ahnung wie schon du bist, Berlin."* [2]

Лекси закрыла лицо руками и повторила полушептом «Ничего не говори», затем положила руки на колени и рассмеялась.

---

[1] "Берлин, Берлин, это Берлин."

[2] "Ты сам не представляешь, как ты прекрасен, Берлин."

Глава девятая

В течение последующих нескольких недель Лекси ничего не упоминала о предсказаниях оракула. Да в этом и не было необходимости. За нее говорила жизнь, и она понимала, что Лина вскоре сама захочет об этом поговорить. Не то, чтобы Лекси верила в паранормальные явления. Она верила в Лину и хотела, чтобы та была счастлива. Она хотела вытянуть Лину из той крепостной стены, которую та строила вокруг себя и надстраивала, если какие-то участки проседали. Предсказания оракула были хорошей возможностью освободить Лину из того, что Лекси воспринимала как эмоциональную оборону.

Что же касается Лины, то она, по природе своей, не была доверчивой. Тем не менее, совпадений было трудно не заметить. Она посмотрела в Интернете — Бакстон стрит и вправду раньше называлась Берлин стрит. И Ганс как-то зашел к ней на работу — он узнал адрес от своего друга Виная, который пару раз после того вечера встречался с Лекси. Лина обошлась с ним вежливо, но сказала, что ей бы не хотелось продолжать отношения. Ей и вправду не хотелось — после второй встречи с ним, она отчетливо это поняла. Лекси не расспрашивала Лину об этом, поскольку считала, что если Лина просто начнет встречаться с

Гансом, то таким образом выполнится второе предсказание оракула. Лина была с этим не согласна, но, поскольку она вообще не верила в предсказания оракула, то не видела необходимости спорить об этом с Лекси. Лина решила для себя, что предсказания старушки ничего не изменят. Таким образом, в Лондоне шла обычная жизнь, на которую совпадения с предсказаниями оракула никак не влияли.

Девушки постепенно обживались в Лондоне. Поняли, как работает общественный транспорт, нашли рестораны и кафе, которые им обеим нравились. Нашлись и бары, в которых они — благодаря настойчивости Лекси — встречались с молодыми людьми. Лина даже ходила на свидание — но не более одного раза с каждым подвернувшимся парнем. Да и до всех этих событий, она не встречалась с парнями более двух раз, ведь третье свидание могло показать, что он ей нравится, а это был бы ложеый сигнал.

Лекси не могла не заметить, что Лина неохотно встречается с молодыми людьми, но она предпочитала не подталкивать Лину на большее. Она была рада, что Лина вообще стала ходить на свидания и знала, что когла подвернется тот самый, то Лина пойдет на большее в отношениях. Иногда Лекси думала, что в тот вечер она переусердствовала, оставив Лину и Ганса вместе, и тем самым напугала Лину и та не дала бедному Гансу никакого шанса. Она даже чувствовала вину за это, и возможно поэтому убеждала себя, что самого факта встречи с парнем по имени Ганс было достаточным, чтобы считать второе предсказание оракула сбывшимся. Она беспокоилась за Лину и хотела, чтобы та была счастлива

Лина была в порядке — как она всегда не уставала повторять. Ей правда нравилась работать в Лондоне. Она по-прежнему делала финансовые прогнозы для клиентов, но теперь её клиенты были из Великобритании, Скандинавии и стран Бенелюкса, а клиентами из остальных стран Европы по-прежнему занимались в Берлинском офисе. В прошлом европейскими клиентами занимались з Филадальфии, именно поэтому Роджер Стринджер и решил открыть офисы в Европе. В Филадаельфии Лине приходилось работать и с американскими, и с европейскими клиентами, сейчас же она сосредоточилась только на евроейских клиентах, среди которых были бухгалтеры, юристы, руководители фирм, владельцы компании и состоятельные инвесторы. У некторых из них были титулы — сэра, леди или даже ордена Британской Империи. Лине было интересно иметь с ними дело.

Нравился Лине и её начальник Эуэлл, руководитель Лондонского филиала, хотя она и скучала по Стринджеру. Раз в месяц Стринджер приезжал в Лондонский офис и обязательно находил время пообедать с Линой. Но Эуэлл тоже был богом в своем деле и он ценил Лину как хорошего специалиста. Если клиент был очень значимым, или на переговорах было много участников, он сам проводил встречу. Он вводил клиентов в курс дела, представлял Лину, а она, в свою очередь, представляла свои таблицы н графики. Он вставлял комментарии, говорил с теми, кто, казалось, не успевал за ходом презентации, а Лина продолжала говорить. Она впечатляла, когда говорила о том, что хорошо знала, и, возможно из-за этой своей увлеченности, она не замечала, если слущающие были в замешательстве или не понимали, о чем она говорит.

По сути, как считала Лина, Эуэлл прекрасно вписывался в её подачу материала, и поэтому они так хорошо сработались.

«У тебя прекрасно получается делать презентации», — однажды как-то заметил Эуэлл.

«Спасибо, Роберт Эуэлл», — ответила Лина с любезной улыбкой.

«Зови меня просто Боб», — поправил Эуэлл.

«Вот уж нет. Мне более приятно быть на «вы»», — пояснила свою позицию Лина, — «если и вас это устраивает». Он был на двадцать лет старше Лины. Несколько раз, когда они встречались в офисе в Филадельфии, она обращалась к нему на «вы». В то время он руководил отделом продаж и маркетинга, с которым Лина никак не взаимодействовала, а Лекси, работая под его руководством, была с ним на «ты» и называла его Бобом, даже не спрашивая разрешения. Теперь, когда он стал непосредственным начальником Лины, а отделов у них не было, они, в некотором роде, на работе были каждый сам по себе, она все же не могла и не хотела называть его Бобом. Нет, лучше все же быть на «вы».

Эуэлл понимал, что Лина непримирима в этом вопросе, поэтому принял это как данное, хотя иногда для него это было слишком официально, поскольку сам себя он считал демократом и равным другим. С другой стороны, хотя он сам был из города Атланта, он никого не называл «сэр» или «мэм». Он иногда делал исключения в разговоре с афро-американцем, который мог не знать его эгалитарного отношения. С такими Эуэлл всегда говорил почтительно и обращался к таким «сэр». Он полагал, что эти люди заслуживали это, учитывая в каком времени тем пришлось жить, где белые люди проявляли мало уважения. «Это справедливо», — говорил Эуэлл, когда его спрашивали об этом исключении.

В один из дней Роберт Эуэлл, Лекси и Лина вместе пошли пообедать. В принципе, в офисе, кроме них, больше не было американцев, если только не считать сотрудника из отдела продаж, который взял отпуск на несколько дней навестить свою семью в Штатах. Все трое пошли в ресторан-спортивный бар недалеко от Виктория Стейшн. Конечно же, они пришли не пить и не смотреть матчи, а поднялись сразу на второй этаж в ресторан — там подавали отличную жареную рыбу с картошкой и горошком.

Роберт Эуэлл с удовольствием бы ел эти английские фиш энд чипс каждый день, если бы это не стало поводом для насмешек. Лине тоже нравилась эта рыба с картошкой, хотя она установила себе ограничение — не больше одного раза в неделю. А Лекси же нравились мужчины вокруг и сама атмосфера деловых обедов.

«Итак, девушки. Хочу сказать, что нам с вами скоро предоставиться отличная возможность», — заявил Эуэлл после того, как им принесли напитки — пиво для него, бокал белого вина для Лекси и воду для Лины.

Роберт Эуэлл достал ручку из верхнего кармана рубашки, шелкнул ей, взял листок бумаги и начал писать: «Си-Эн-Эн: Деловой обзор». Подчеркнул это двумя сполшными линиями и пояснил: «В прошлые выходные, на вечеринке, я познакомился с одним продюсером из Си-Эн-Эн. Она пригласила меня в их утренние программы об инвистиrих выступить пару раз».

«Ух ты! Это круто!», — воскликнула Лекси.

«Просто здорово», — заметила Лина, — «поздравляю».

«Спасибо. Для меня это честь», — со скромным видом сказал он. Прежде, чем продолжить, он с несколько виноватым видом посмотре на Лину. «Но что более важно, это будет хорошей рекламой для нас и для компании».

«Несомненно!» — воскликнула Лина.

«Что и говорить, главный в восторге. Думает, что это сразу даст компании международное признание и постоянных клиентов в Европе», — продолжал Оуэлл.

«Это уж точно», — охотно согласилась Лекси, которой безумно нравилась сама идея. Да и Лину это очень порадовало — будет что рассказать маме о работе в новом офисе в очередной воскресный звонок. Маме она обычно звонила около одиннадцати дня Филадельфийского времени до того, как мама приступит к воскресному обеду. Лина думала звонить после обеда, но ее родителям нравилось, чтобы она звонила до, ведь тогда будет, что обсудить за обедом. «И ты как будто с нами, как всегда», — сказала мама, когда они условились о времени звонка. «Это будет уместно?», — спросила она своего мужа, который лишь кивнул в ответ и пробортал что-то невразумительное, поскольку на тот момент жевал.

«Итак, маркетинг и публикация выпусков этих программ будет на тебе, Лекси», — заявил он голосом тренера футбольной команды, консультирующим ключевых игроков перед матчем (надо сказать, сам он никогда не играл в футбол). На бумаге он ннписал имя Лекси и нарисовал девочку, похожую на Лекси. На рисунке она была похожа на сестру Чарли Брауна, Салли. Эуэлл всегда чиркал, пока размышлял над чем-то.

Лекси улыбнулась, когда увидела такое изображение себя, и сказала: «Можешь на меня рассчитывать. А сколько всего программ планируется? И когда первый эфир?»

«Первый через несколько недель», — сказал он, написав «три недели» на своем листке, — «но может и раньше. У них сейчас выступают представители из других финансовых компаний, с которыми они давно работают, но им бы хотелось, чтобы и другие мнения прозвучали в передачах». Эуэлл активно жестикулировал и поглядывал то на Лекси, то на Лину. «А вот сколько раз нас будут приглашать, то, как мне сказали, наверно, три раза — раз в неделю. Если это пройдет успешно, то, может, и дальше пойдет».

«Понятно», — сказала Лекси. «Хорошо, я составлю план, как мы отразим это в саморекламе».

«Договорились. Что касается тебя, Лина», — при этих словах он посмотрел на нее в упор. «Мне нужна твоя помощь подготовить речь для этих интервью».

«Конечно. Без проблем», — сказала Лина и кивнула.

Он написал имя Лины и сказал: «Надо будет сделать подготовку к этим программам рутиной, если они захотят снять несколько программ. Некоторые данные и о чем говорить каждую неделю», — в его голосе слышался интерес. Ему нравилась сама возможность, хотя его несколько смущала необходимость часто выступать на телевидении. Его не прельщали слава, или похвала. Фактически, его стиль управления сводился к перечислению заслуг тех, кто работал у него в подчинении, и не упоминать о своей роли — даже если она была ключевой в успехе проекта. Если кто-то из его отдела делал что-то не так, и работа шла плохо, он говорил, что это его вина, или говорил, что мы допустили ошибку, но никогда не говорил, кто был виноват. Он всегда защищал своих.

«Давайте каждую пятницу устроим небольшую репетицию. Я буду выступать перед вами и перед другими в офисе, чтобы привыкнуть выступать, как говориться, перед публикой», — сказал он, вопросительно посмотрев на Лину и Лекси.

«Хорошая идея», — сказал Лина.

«Лекси?» — спросил он, поворачиваясь к ней.

«Идея хорошая, но давай установим камеру и запишем», — предложила она. «Ты привыкнешь говорить в камеру и мы сможем потом посмотреть вместе видео и покритиковать».

«Отличная идея! Мне нравится», — сказал Эуэлл, постукивая ручкой по листку. «Как только пообедаем, сможешь сходить и купить камеру и что еще там нужно. Использую корпоративную кредитку. У тебя ведь есть карточка Американ Экспресс?»

«Конечно. Не беспокойся, я куплю хорошую», — сказала Лекси.

«Отлично!», — сказал Эуэлл. По его лицу было видно, что он доволен. Взял ручку и нарисовал камеру и себя с планшетом перед ней. Хотел еще нарисовать Лину, стоящей за камерой, но принесли еду. Был так рад увидеть тарелку с рыбой и картошкой, что даже не заметил, как официант поставил блюда на его рисунок.

Закрыл ручку и положил её в нагрудный карман. Затем обратился к Лине: «Лина, давай начнем писать план сегодня. Как вернемся в офис, набросаем наши соображения».

«Конечно», — сказала Лина. Она раскрыла бумажную салфетку и и положила её на колени.

«Как же я доволен! Давайте поедим и забудем надолго о работе. Расскажите мне, как вы проводите время после работы. Могу себе представить, вы девушки развлекаетесь в этом прекрасном городе. Нам с другом тут несказанно нравится». Девушки улыбнулись. Его друг им понравился — они встречались с ним на рождественском корпоративе в Филадельфии.

Приступили к еде. Пока ели, девушки рассказали

Эуэллу некоторые детали своей личной жизни. Про свои свидания, они, конечно же, предпочли умолчать — эта тема быстро вышла бы из-под контроля. В целом, обед был приятным. Лине нравился Эуэлл, но после этого обеда она стала уважать его еще больше. Раньше все же она его недооценивала.

Когда они попросили счет, Эуэлл сказал: «Лина, давай заведем тебе страницу в Фейсбуке или на Линкедин».

«Что?» — спросила Лина. В её голосе достаточно громко прозвучало удивление.

«Да, я хочу, чтобы ты завела страницу в Фейсбуке», — повторил он спокойным тоном. Передавая официанту свою кредитку, он отметил, что еда была очень вкусной. Затем повернулся к Лине и сказала: «И особенно страницу на Линкедин. Я удивлен, что ты еще этого не сделала».

«Да в этом не было необходимости», — объяснила Лина, — «компания не собиралась меня увольнять».

«Я понимаю, но это сервис не только для того, чтобы найти работу», — стал он объяснять с некоторым пренебрежением. «Страницы в соцсетях хорошо помогают в маркетинге, в продвижении компании, в рекламе нашего нового офиса».

«Да, я понимаю, но...»

«Попытайся добавить в друзья как можно больше наших партнеров и клиентов — всех, кого найдешь. Чем больше, тем лучше, договорились?»

Лекси улыбнулась Лине и ответила за нее:

«Договорились». Лина, кажется, до сих пор не нашлась, что на это ответить. Она посмотрела на Лекси так, словно просила подругу помочь избежать этого.

«Отлично. Дайте знать, когда у вас обеих будут аккаунты в этих сетях. Просто добавьте меня в друзья», — он продолжал раздавать инструкции. «Мы ведь, по сути, друзья. И возьмите в привычку размещать там сообщения по крайней мере раз в неделю».

«Хм, ну да», — ответила Лина, поскольку не знала, как на это реагировать. Он встал из-за стола, девушки взяли сумки и все направились к выходу.

Он спустился вниз на пару ступеней, но остановился и поблагодорил поваров на кухне. Те улыбнулись и тоже сказали спасибо. Он направился дальше вниз по лестнице, нагнал Лину и сказал: «Да, и еще аккаунт в Твитере. Нельзя делать дело в деловом мире, не имея Твитера. Я прав, Лекси?»

«Конечно ты прав, Боб», — сказала она, хихикнув и посмотрев на Лину. Он прошел вперед, и Лина осталась позади, Лекси взяла её под руку и сказала: «Посмотрим-посмотрим на тебя в Твитере и Фейсбуке. У тебя скоро будет сотни друзей».

«Да перестань уже», — сказала Лина. Лекси засмеялась и подмигнула одному из поваров, который, в ответ, улыбнулся ей. Они вышли из ресторана, догнали Роберта Эуэлла у входа на вокзал. Там они разделились. Эуэлл и Лина возвращались в офис на такси — ему не терпелось начать работать над этим новым проектом. Лекси собиралась поехать на метро до станции Оксфорд Серкус, где находится универмаг «Джон Льюис» и посмотреть там видео камеру в отделе электронных товаров.

❦

Лекси шла по Оксфорд стрит в направлении универмага «Джон Льюис» и думала, что все же хорошо жить в Лондоне. Как и Лина, она никак не думала, что когда-то уедет из Филадельфии и будет жить в Европе. Она несколько раз ездила в командировку в Сан-Франциско и подумывала, чтобы переехать туда. Она даже упоминала Стринджеру, что хотела перевода в Сан-Франциско, но этого так и не произошло. Для нее, Лондон казался интересным городом, но каким-то нереальным и далеким — пока она сюда не переехала. Когда по телевизору она смотрела новости о событиях в Европе, то они казались новостями из вымышленного мира, некое дополнение к спортивным репортажам и новостям культуры.

И вот теперь она здесь живет — в этом вымышленном мире, в Лондоне. Каждый район этого города казался особенным. В районе Оксфорда здания были большими и внушительными, чувствовалась атмосфера большого города. Было много магазинов, много деловых людей и девушек — все в дорогой одежде. Это было так здорово, и ей нравилось быть к этому причастной. Она словно вся сияла, улыбаясь от восхищения этой улицей. Прохожие в ответ тоже ей улыбались. Ее обаяние, улыбку нельзя было не почувствавовать.

Спустя несколько минут она вошла в универмаг «Джон Луис». Ей нравилось тут. Он напоминав ей магазины «У Мейси» в Штатах, в которые она часто заглядывала. Её также прельщала возможность неспеша побродить по магазину, а не торопиться в офис. Она направилась к эскалатору. Как маркетолог, она понимала значение этого эскалатора — он не только вел в другие отделы выше, но и заканчивался прямо напротив стеклянного перехода в другое крыло универмага. Эскалаторы построены так, чтобы покупатели могли осмотреть и пройти как можно больше в магазине. Эскалатор никогда не выведет вас к выходу. Это неспешная, но элегантная система, и очень умный способ рекламы магазинов. Лекси они нравились. Она считала, что они сделаны для цивилизованных покупателей.

Отдел электронных товаров находился несколькими этажами выше, но Лекси сошла с эскалатора раньше побродить по отделу мебели и предметов интерьера. Ей нравился стиль обстановки, предлагаемый в шоурумах этого универмага. Она посидела за столами, потрогала диван, попробовала на мягкость одеяла на муляжах кроватей — на зиму ей может понадобиться теплое — и взбила несколько подушек на полках. Взяла в руки простую треугольную диванную подушку с изображением собаки и улыбнулась. Подумала, чтобы купить её, но посчитала, что Линг это может не понравиться, и решила отложить покупку на потом.

Снова на эскалаторе Лекси поднялась на следующий этаж, который полностью был отдан отделу электроники. Тут были и компьютеры, и музыкальные инструменты, и мобильные телефоны — она купила здесь телефон пару недель назад, поэтому и пришла сюда. Сегодня же Лекси направилась к камерам и фотооборудованию.

На прилавке лежало несколько видео-камер. Это были выставочные образцы, и покупатели могли посмотреть их без помощи продавца. Лекси не очень хорошо разбиралась в технике, но ей нравилось посмотреть каждый предмет, прежде, чем обратиться к продавцу-консультанту. Она была умной девушкой, но поскольку волосы у нее были светлые, а глаза голубые, люди часто воспринимали её как пустышку — по крайней мере, в Штатах. Это скорее её беспечный стиль общения с людьми способствовал такому первому впечатлению. Свои чувства она пыталась описать несколькими ключевыми словами, поэтому люди и думали, что она не очень глубокая. Например, для описания ситуации она просто могла сказать «Отлично». По сути, Лекси была простой. В ней был еще элемент детскости, некоторая наивность в отношении к происходящему. Наверное другие считали её поверхностной потому, что она стремилась думать о людях хорошо, видеть хорошее в других — как то, что она видела в Лине, а другие в ней этого не видели — ровна как и Лина в ней этого не замечала.

Для начала, Лекси решила, что камера должна быть фирмы «Кэнон». У нее как-то был такой фотоаппарат- мыльница, и он ей очень нравился. Лина приучила её к фотоаппаратм этой фирмы, потому что сама пользовалась такими. У Лины хорошо получалось фотографировать, и Лекси доверяла её мнению в этой области. Камеры «Кэнон» были выставлены в порядке увеличения цены. Лекси посмотрела на цену первых трех, самых дорогих. С опытом она поняла, что самая лучшая продукция одной фирмы, как правило, и самая дорогая. Она сравнила техническое описание первых трех. Из университетского курса и опыта работы в маркетинге, она знала, что лучшие будут и самыми дорогими. Это и давало преимущество тем, кто всегда покупал все самое дорогое.

«Вам помочь, девушка?», — услышала она голос молодого продавца, который стоял за прилавком чуть правее от него. Он заметил её интерес к камере на втором месте по стоимости. «Это хороший выбор».

Лекси улыбнулась ему и спросила: «Правда? Не могли бы вы рассказать подробнее?»

Он объяснил ей некоторые технические особенности, сравнил эту камеру с другими такими же, но другого производителя. Цена оказалась выгодной, что показывало правильность её стратегии. Она мысленно себя похвалила за это.

Продавец был одного примерно с ней возраста, но ростом был выше. У него были светлые прямые волосы и карие глаза — ей нравилось это сочетание. Продавец был симпатичным — именно симпатичным, а не писаным красавцем. Однако, Лекси он не сказать, чтобы понравился — она никогда бы не стала встречаться с продавцом. В отношениях она проявляла некоторый снобизм.

Она выключила камеры и сказала: «Отлично. Я её беру».

«Вот и хорошо», — сказал продавец в ответ.

Лекси широко улыбнулась ему, но её улыбка не произвела на него никакого впечатления — и ей это не понравилось. Ей нравилось, когда она нравилась молодым людям. Он же лишь улыбнулся спокойной, профессиональной улыбкой.

Лекси посмотрела на бедж узнать, как его зовут: «Леслав». Она подняла на него взгляд и сказала: «Леслав, а я Лески — а в коробке у вас такая есть?» Теперь она улыбнулась совсем широко. Зубы у нее были белые и ровные. По опыту она знала, что её широкая улыбка во весь оскал была мощным оружием. Продавец заметил её улыбку, и в свою очередь, его улыбка тоже стала добрее, но все равно он не был заинтересован. Для Лекси все это было впервые, и ей это было любопытно.

Леслав подошел поближе к ней. Она подумала, что он её поцелует. Это тоже было бы в первый раз. Вместо этого, он извинился и чуть нагнулся, чтобы открыть дверцу шкафа маленьким ключом на простой металлической душке. Он отодвинул дверцу и достал коробку с видеокамерой. Протянув ей коробку, он задвину дверцу шкафа.

«Что-нибудь еще? Карту памяти, запасной аккумулятор?» — спросил он, вновь надев свою профессиональную, несколько искусственную улыбку. Любого другого эта улыбка бы раздражала, но Лекси она почему-то нравилась.

Лекси не знала, как поступить с ним. Он не был заинтересован ею, но видно, что он потеплеем к ней, когда она улыбнулась. Она посмотрела на левую руку, которой он придерживал коробку с камерой На левой руке у него не было обручального или какого-либо другого кольца. Она собиралась было ответить ему, но вспомнила, что в некоторых европейских странах кольцо носят на правом безымянном пальце. Она мельком взглянула на правую руку. Он отодвинул руку, думая, что она смотрит еще что-то на витрине. Он сделал шаг в сторону, чтобы показать ей товары за спиной. Она увидела, как блеснул метал на одном из пальцев, но поскольку он все еще держал связку с ключами, нельзя было сказать, было ли это обручальное кольцо. Она снова подняла на него взгляд и сказала: «Да, можно две карты памяти большого объема, а вот запасной аккумулятор не надо. У вас есть длинный провод, чтобы можно было было воткнуть камеру в розетку и в то же время ходить с ней?»

«Да, есть. Если вы будете снимать напрямую, то возможно вам понадобиться штатив, чтобы камера не болталась», — стал рассуждать продавец.

«А да, потребуется», — сказала Лекси, вспомнив, как они планировали использовать видео камеру. Это заставило её на минутку забыть про легкую заинтересованность Леславом.

«Я бы вам порекомендовал штатив фирмы Манфротто. Он устойчивый и не очень тяжелый, его легко переносить», — сказал продавец и направился к коробкам со штативами. Она подняла один из штативов, попробовал его вес и прочитала характеристики.

«Да, кажется, хороший. Спасибо», — сказала она. «Мне нужна камера записывать презентации моего начальника», — объяснила она.

Леслав кивнул, показав, что он понял. Затем сказал: «Она записывает в формате мр4. Очень популярный формат. Хорошо читается на Макинтошах, но легко перенести и на другие форматы, если у вас в офисе используется Майкрософт и нет приложении IOS».

«Нет-нет, есть. У нас у всех Макинтош», — проинформировала она его.

«Правильны выбор», — сказал он, спокойно улыбаясь. Он так и оставался непоколебимым после того раза, когда она улыбнулась ему. В нем было что-то, что ей нравилось — и это не только его балтийская или славняская внешность — она не очень-то хорошо определяла национальности по внешности или по по именам — в отличие от Лины.

«Мы будем записывать в нашей переговорной. Сразу после презентации, мы проиграем запись и сможем покритиковать его, если можно так выразиться».

«А, интересно. Возможно, вы захотите подсоединить камеру к компьютеру, чтобы сразу же просматривать записи и выводить их на дисплей или на экран. Я думаю у вас в переговорной есть экран и компьютер для презентаций».

«Да, есть», — подтвердила Лекси. «У нас большой экран, вмонтированный в стену. Мы им часто пользуемся».

«Хорошо», — сказал он в ответ.

«Но я понятия не имею, как подсоединять камеру к компьютеру — так вы, кажется, сказали?» Он кивнул. «Правда, понятию не имею как».

«Ну если хотите, я могу показать вам, как это делается», — вежливо сказать он.

Лекси просияла. «Просто отлично! Спасибо. Сегодня во второй половине дня сможете?» — энергично спросила она. «Может, у вас получиться вернуться со мной в офис», — продолжал Лекси с некоторым заискиванием в голосе. «Это не далеко. И вы могли бы помочь мне донести все покупки».

«Хм, да», — сказал он, отказавшись от своего профессионального тона. В его голосе слушалось некоторое замешательство. Чтобы не ходить к ней в офис, он предложил показать ей на одном из выставочных образцов. Она улыбнулась ему заигрывающей улыбкой. Он вдруг почувствовал, что она проявляет к нему интерес не просто как к продавцу. И только сейчас он заметил, что она привлекательная. Он улыбнулся и сказал: «Я буду рад посмотреть ваш офис. Моя смена все равно почти закончилась».

«Отлично!» — радостно сказала Лекси.

Леслав сложил все покупки Лекси. Она протянула ему кредитную карту для оплаты.

«Мило. Платиновая Американ Экспресс», —

заметил он.

«Да, я знаю. Но это не моя, а рабочая, компании», — сказала она. Он снова посмотрел на карту уже в некотором замешательстве. «Все в порядке, я могу ей расплачиваться». Она засмеялась, и он засмеялся в ответ. «Мне нравится, как вы смейтесь, Леслав». Его смех напомнил ей, как в детстве они смеялись вместе с папой.

«Зовите меня просто Лес», — сказа он с теплой улыбкой.

«Хорошо, Лес. Я буду тебя так называть, если ты меня тоже как-нибудь назовешь», — сказа она, подмигивая ему. Он ответил еще более теплой улыбкой.

Через некоторое время они уже вместе ехали в такси, направляясь в офис Лекси со всеми её покупками. Доехав до офиса, они вошли в стеклянную дверь и увидели, как Лина разговаривала с Уэнди.

Лекси сказала: «Лина, привет», и с улыбкой на лице прошла в комнату для переговоров, которая распологалась сразу за приемной. Лес последовал за ней. Он кивнул Лине и девушке-администратору.

Когда Лекси с Леславом проходили мимо, Лина с любопытством на них посмотрела. Из-за стеклянной двери она видела, как они распаковывают принесенную технику. Она подошла к двери поближе посмотреть, что они делают. Лина собиралась войти, но Лекси вышла через боковую дверь и прошла по коридору в свой кабинет взять ноутбук, оставив Леслава разбирать и устанавливать оборудование.

Лина обошла переговорную со стороны и направилась вслед за Лекси.

Лина вошла в офис Лекси и спросила: «Кто этот парень?»

«А! Это Лес», —сказала она, улыбаясь. «Он работает в универмаге Джон Льюис. Он помогает мне установить камеру и видео оборудование, которое я купила».

«Угу», — сказала Лина скептически, и. скрестив руки, оперлась о дверь. Она знала требования Лекси, поскольку та не устанно их повторяла: никаких музыкантов — особенно барабанщиков; никаких строителей; никаких полицейских — может быть пожарные, если у них красивые глаза; и никакого обслуживающего персонала, типа официантов, барменов, курьеров и продавцов. «Так что он здесь делает?», — спросила Лина.

«Я же сказала», — сказала Лекси и понимающе улыбнулась. Она знала Линины требования в отношении мужчин.

«Я поняла, но чувствую все же, что тут какая-то игра», — продолжала Лина скептическим тоном.

«Игра? С чего бы? Лин, я не играю», — сказала она игриво и в то же время с вызовом. «Я тут работаю».

«Да-да, работаешь», — сказала Лина. Взяв свой приоткрытый компьютер, Лекси направилась к выходу.

«Я не понимаю, что вы имеете ввиду, мисс Демур», — сказала Лекси туманно, оставив Лину одну в своем кабинете.

Лекси, казалось, постоянно флиртует с мужчинами. С некоторыми она спала, но не так часто, как могло показаться. Когда флирт переходил во что-то более серьезное, она становилась разборчивой, но не на столько, на сколько Лина. Тем не менее, Лина чувствовала, что это какой-то особенный случай, с этим Лесом, особенно если учесть, как Лекси вела себя по отношению к нему. Она не видела в нем ничего особенного, и работа у него была не престижная, но Лекси казалось, что в нем что-то есть.

Но не он, а именно Лекси вела себя странно по отношению к нему. Она была не та Лекси, с которой они расстались после обеда. Лина чувствовала это, но не могла воплотить в слова. Лекси словно писала свою собственную историю. Как считала Лина, их дружба, в основном, крутилась вокруг работы, а до того, как они стали вместе работать - вокруг учебы. Если они не говорили про работу, они говорили про Лину. Лекси всегда удавалось вынудить Лину рассказать про свои свидания и знакомства, но сама Лекси в ответ ничего не рассказывала.

В некотором смысле, это были односторонние отношения, и Лина начинала это понимать. Но именно сегодня она поняла это достаточно отчетливо. Она чувствовала себя виноватой в этом, и начала обдумывать, что она может изменить.

В переговорной послышался смешок Лекси. Лина вышла в коридор и пошла к себе в кабинет. Руки все еще были скрещены на груди. Лекси подняла голову и увидела её. Она махнула рукой, приглашая Лину зайти. Лина закатила глаза вверх, и пошла дальше.

«Лина!» — крикнула Лекси.

Лина сделала шаг назад в сторону переговорной, заглянула туда и сказала: «Да?»

«Не забудь зарегистрироваться в Фейсбук и Линкедин», — сказала Лекси, хихикнув. Лина что-то неодоборительно пробормотала в ответ. «И в Фейсбук выложи несколько фотографии дверей», — добавила Лекси, слегка посмеиваясь.

«Да, да», — сказала Лина, медленно начиная перебирать ногами в сторону двери.

Лекси выскочила из переговорной и крикнула вслед Лине: «И Твитер!».

«Ну перестань!», — сказала Лина, не оглядываясь.

Лекси заселялась, выходя из переговорной. Когда Лина закрывала за собой дверь в своем кабинет, она слышала, как Лекси сказал: «Лес! Просто отлично!»

Глава десятая

Лекси родилась в обычной семье среднего класса. Её отец был простым добродушным человеком, высокий, приятной наружности. У него были светлые волосы и карие глаза. Работал он биржевым маклером — его наружность и склад характера прекрасно подходили для этой работы. Мама была гораздо привлекательнее. Она работала продавцом в отделе постельного белья и товаров для дома в универмаге Вейнмекер — она называла его на старый манер. Этот магазин давно занимал зданием на Макет стрит. В семье всегда хватало денег на жизнь.

Родители Лекси берегли ее. Отец просто обожал дочку, и всегда говорил, какая она умница и красавица. Лекси чувствовала себя любимой дочкой. Мама этого не одобряла, и высказывала потом отцу, что так она вырастет избалованной. В ответ на это отец всегда отвечал одно и то же: «Но ведь так и поступают все хорошие папы, Когда она вырастет, она не западет на кого попало. Она найдет того, кто будет о ней заботиться, того, кого заслуживает моя принцесса». Лекси очень нравилось, когда папа так говорил.

У Лекси была сестра, которая была на два года её старше. Сестра умерла от какой-то болезни. Лекси на тот момент было шесть. Поэтому отцовская любовь досталась ей в двойном размере.

Эта трагедия и объясняла отношение Лекси к Лине — она в ней видела сестру, которую потеряла. Она не понимала, в какой конкретно момент между ними образовалась эта связь. Она даже и не до конца осознавала эту тонкую психологическую связь. Тем не менее, Лекси считала Лину и лучшей подругой и сестрой. Младшая сестра часто идеализирует старшую. Это принимается, в некотором роде, как само собой разумеющееся. Так и Лекси идеализировала Лину. Как бы не отталкивала Лина её от себя, как бы она не отказывалась считать её лучшей подругой — она выбрала Лину и не отпускала её от себя.

Но, что-то вдруг изменилось, когда она встретила Леса. Он отличался от остальных. Она тянулась к нему, и это отдаляло её от Лины. Но она ничего не могла с собой поделать, когда видела его мягкую улыбку, которая словно согревала её изнутри.

Но вот прошло уже три недели, как Лекси и Лес стали встречаться. Она хотела проводить с ним столько времени, сколько могла. Он не всегда мог с ней встречаться, ссылаясь на рабочий график, который был очень странным. Пару раз он ночевал в их с Линой берлинской квартире — так девушки её теперь называли. Но чаще всего Лекси ночевала у него. Она не хотела беспокоить Лину по ночам.

Не сказать, что Лину их свидания как-то беспокоили. Она их не слышала. Они это делали спокойно, в этой их берлинской квартире. Вот когда

Лекси ночевала у него, то была более игривой. Достигнув оргазма, она смеялась, причем как-то очень поэтично. Несколько молодых людей, с которыми она встречалась, считали это очень милым, другие же считали странным. Она рассталась с одним из таких — когда тот сказал, что она так странно достигает пика, ей пришлось контролировать себя и не давать волю эмоциям в такие моменты. Скоро эти отношения сошли на нет. Леслав же такие моменты никак не комментировал, что еще больше интриговало Лекси. Она считала себя задетой, но поскольку была по уши влюблена в него, боялась ранить его чувства, и ничего об этом не говорила. Как, впрочем, она предпочитала не говорить о некоторых других негативных моментах в нем. Её мозг отмечал эти недостатки, как и то, что должно было её насторожить, но на уровне сознания, эти отметки уже отходили на второй план.

Хотя Лекси и скрывала недостатки своего друга, Лина ему не доверяла. Лине казалось, что он просто использует Лекси и играет её чувствами. И Лина имела неосторожность сказать об этом Лекси, на что та ответила, что Лина просто завидует и придирается к пустякам. Последующие две ночи Лекси ночевала у Леса. Это дало Лине время подумать, правда ли она ревнует Лекси — ведь Лес забрал Лекси у нее, а у нее не было, кого любить.

Лина стала понимать, что быть любимой хорошо, но давать любовь просто здорово и дает гораздо больше радости. Но и это ей было сложно воплотить это в слова. Но она не могла не чувствовать потребность в таком человеке, ей был нужен кто-то, для кого бы она разрешила себе любить.

Что же касается отношений Лекси и Леслава, Лина замечала, что это были в определенной степени односторонние отношения — он не противился, что Лекси любит его. Тем не менее, после этих двух одиноких ночей, Лина решила дать Лесу шанс. Она отбросит свои подозрения и будет более открыто к нему относиться. Но, к сожалению, Лекси уже рассказала Леславу о подозрениях Лины, и он стал относиться к Лине с холодом.

Бедная Лекси была между двух огней — она боялась, что Лес вынудит её выбирать между ним и лучшей подругой. Она таила недежду, что напряжение между Леславом и Линой со временем сойдет на нет, но все же не хотела пускать это на самотек, а решила действовать и подружить их.

«Лина», — как-то сказала Лекси, когда они пили кофе за стойкой, разделяющей кухню и гостиную.

«Лекси», — сказала Лина в ответ.

«Я хочу, чтобы вы с Лесом подружились», — заявила Лекси.

Лина слегка пожала плечами и сказала: «Я дружелюбна к нему».

«Но быть дружелюбной и быть друзьями — это не одно и то же, не так ли?», — Лекси переняла этот английский стиль заканчивать утверждения, используя «не так ли» в конце, чтобы заручитья согласием собеседника. Лина не высказала никаких знаков одобрения. Лекси нахмурилась и громко вздохнула.

«Лина!» — громко сказала она, приподнимаясь на стуле, как будто показывая, что если бы она стояла, то была бы выше.

«Лекси», — спокойно сказал Лина с полуулыбкой.

«Я хочу, чтобы сегодня мы все вместе поужинали», — заявила Лекси.

«Он согласился поужинать с нами, не так ли?», — добавила Лина, произнося «не так ли» слегка издевательским тоном. Её веселила эта манера Лекси искать подтверждение этим вопросным хвостиком. Лина как-то сказала Лекси, что это забавно — добавлять хвостики в конце, но Лекси парировала, что они должны адаптировать и принимать местные традиции. Лина же обвинила её в слишком большой лояльности к местной культуре, и особенно к местным парням. Лекси отвергла это обвинение и сказала, что её совсем не радует, что Лина обвиняет её в этом. Лина извинилась и пообещала не критиковать Лекси, если та не будет говорить с британским акцентом — для нее это было бы слишком. Но теперь, забыв про свое обещание, Лина пошутила над ней. Она подумала, что если её заставляют дружить с Леславом, то она может на время отложить выполнение своих обещаний.

«Лина! Перестань», — выпалила Лекси, улыбаясь. Лина улыбнулась, соглашаясь не подтрунивать над подругой. «Итак. Мы договорились встретиться в ресторане на углу, в восемь».

«Отлично. Я пойду», — неохотно сказала Лина.

«Вы не просто пойдете, девушка», — сказал Лекси.

«Вы будете в прекрасном расположении духа, и будете говорить о... том, что интересно ему».

«Хорошо. Будет сделано», — подтвердила Лина.

«И вы будете смеяться над его шутками», — сказала она, прищурившись и расправляя плечи, словно игрок регби перед атакой.

«Я не буду смеяться над его шутками, если мне не смешно», — сказала Лина протестуя.

«Нет, будешь», — сказала Лекси, не дав Лине закончить.

«Но я никогда не смеюсь над шутками парней, если они не смешные. Ты знаешь, что я не из таких, как ты, которые хохочут при каждой нелепости, которую выпалит парень».

Лекси проигнорировала эту нападку и сказала: «Но сегодня ты это сделаешь». Лина покачала головой - «Нет и нет». «Да перестань уже качать головой. И сегодня ты еще не будешь бормотать под нос едкие комментарии». Последнюю фразу она произнесла, показывая пальцем на Лину и все еще щурясь.

«Ну перестань!», — сказала Лина, протестуя.

«Нет, не перестану. Это уговор», — сказала Лекси и протянула руку взять кружку с кофе. Она вытянула спину, создавая впечатление, что она выше Лины, хотя на самом деле это было не так. «И не слова больше». Она глотнула кофе, отвернув взгляд от Лины.

Лина ухмыльнулась и потрясла головой, тоже отвернувшись от Лекси. Она ничего не сказала, но решила, что попытается действовать так, как сказала ей Лекси, и при этом казаться естественной. По поведению Лины Лекси поняла, что та согласилась. Она резко поставила кружку на стол и беспечным тоном сказала: «Спасибо, Лина. Дело в том, что я вас обоих люблю, и мне жалко, что вы не ладите между собой».

«Ты любишь его?» — спросила Лина. Она была удивлена, услышав это — и месяца не прошло, как Лекси с ним познакомилась. Про чувства к ней Лекси Лина ничего не сказала.

«Да, мне кажется, что люблю», — сказал Лекси, смущенно улыбаясь.

«Почему?», — спросила Лина в замешательстве.

«Ох, Лина Демур», — сказала Лекси полушутя-полураздражаясь. «Клянусь, ты порой переходишь все границы».

«Что такого? Я просто спросила». — сказала она, поднимая руки, как будто сдаваясь.

«Все. Разговор окончен», — заявила Лекси, поднимаясь и забирая кружку чтобы поставить в раковину. «Ты просто пойдешь с нами на ужин, придешь во время и будешь хорошо себя вести».

«Договорились», — подтвердила Лина.

«И смеяться над его шутками», — сказала Лекси, забирая тарелку со стола и кладя её в раковину.

«Это не шутки», — поправила её Лина. «Он выдает их за остроумные комментарии, но они не самые умные».

«Ты этого не говорила. У нас уговор», — сказала Лекси, вновь подняв указательный палец. Она сделала несколько шагов по коридору в свою комнату — надо было подготовиться к завтрашнему рабочему дню. «Кстати, я тебе говорила, что Лес рассказал мне про скидку для служащих на одеяла?».

«Нет, не говорила», — сказала Лина.

«Да, и скидка приличная. Классно, да?» — с гордостью сказала Лекси.

«Да, классно. Но я не думаю, что тебе нужно одеяло. То одеяло, которое у тебя есть, вполне подойдет», - рассуждала Лина.

«Ты просто против того, чтобы у меня были красивые вещи. Я люблю тепло и комфорт», — объяснила Лекси, широко улыбаясь. Она направилась к себе в спальню.

И уже из своей комнаты Лекси прокричала в сторону гостиной. «И тебя я тоже люблю. Я знаю, что ты поняла меня». Лина покачала головой и сделал глоток кофе. Лекси вышла из комнаты и с улыбкой сказала Лине: «И ты меня тоже любишь».

«Уф... иди уже работай».

Лекси рассмеялась и пошла к себе, мягко напевая «Berlin. Berlin& Das ist Berlin».

«Ой, пожалуйста, только не сегодня», — взмолилась Лина. Эта песня про Берлин в исполнении Марлен Дитрих стала теперь излюбленной песней

Лекси про квартиру.

«Хорошо. Тогда спою другую — о тетушке Мерелин».

«Хорошо», — сказала Лина. Она была благодарна Лекси за эту маленькую уступку. Сгодилась бы любая песня. Лекси стала петь эту немецкую песню, и пела достаточно хорошо, хотя понимала не все слова, а некоторые не так произносила. Лина от этого морщилась.

"Я снова влюбилась" продолжила Лекси другой, уже более лирической песней, но стараясь петь с легким немецкими акцентом.

"Как так случилось?

Сама того не желая"

Она замолкла на секунду посмотреть реакцию Лины, а затем продолжила.

"Любовъ всегда побеждаед"

Лина понимающе улыбнулась и подумала: «Песня прямо про Лекси». Она встала из-за стола и начала мыть посуду.

"Любовъ лишь игра...

Играю как хочу...

Избрав дорогу эту,

Играю я в игру."

У Лекси был приятный голос и она хорошо запоминала слова тех песен, которые ей нравились. Лина улыбнулась, слушая песню. Вытерла посуду и сложила в шкаф.

"Мужчины бегуД ко мне

Как на огонъ мотыльки...

И если их крылья сгоряД,

То я невиновна, нет" [1]

Лина улыбнулась, направлясь к себе переодеться на ужин. Не признаваясь в этом даже самой себе, она все же понимала, что она, фактически, любит Лекси. Лекси пошла за ней и остановилась на пороге комнаты Лины. Она уже держала сумку и пальто. Взглянула на Лину и сделала жест, как бы предлагающий Лине подпевать. Лина лишь нахумурилась в ответ.

---

[1] Я снова влюбилась.
Как так случилось?
Сама того не желая,
Любовъ всегда побеждает

Любовъ лишь игра...
Играю как хочу...
Избрав дорогу эту,
Играю я в игру.

Мужчины бегут ко мне
Как на огонъ мотыльки...
И если их крылья сгорят,
То я невиновна, нет

Я снова влюбилась,
Как так случилось?...
Сама того не желая....
Любовь всегда побеждает!
Сама того не желая
Любовь всегда побеждает...

«Давай же! Последний куплет вместе».

«Нет, у меня нет слуха», — сказала Лина с полуулыбкой. Она направилась в гостинук, а Лекси последовала за ней.

«Давай же!, подруга, споем», — взмолилась Лекси, — «пожалуйста!».

Лина сказала, соглашаясь: «Хорошо. Только я без немецкого акцента!». Они направились к выходу.

«Да брось! Акцент — это самое забавное», — не отставала Лекси.

«Нет, строго, без акцента», — твердо сказала Лина.

Лекси улыбнулась и, поджав подбородок и вытянув шею, словно щенок, который просит, чтоб его погладили, взглянула на Лину.

«Ладно уж, давай», — неохотно согласилась Лина, открывая входную дверь.

«Хорошо».

Они вышли на лестницу. Лина закрыла дверь на ключ, Лекси взяла её под руку и они стали спускаться. Они прошли мимом миссис Штил, которая в тот момент подметала лестницу на первом этаже около входа, и стали вместе напевать:

"Я снова влюбилась,

Как так случилось?...

Сама того не желая....

Любовь всегда побеждает!

Сама того не желая

Любовь всегда побеждает...”

Закончили куплет они уже на улице. Мисисс Штил теперь стояла в двери подъеда, придерживая дверь. Она пристально смотрела на них. Она неодобрительно покачала головой, все еще смотря вслед удаляющимся по тротуару девушкам. Пробормотав что-то про себя, она вошла обратно в подъезд.

❧

В тот вечер девушки прибыли в ресторан рано. Лекси больше не возвращалась к теме поведения Лины с Лесом. Ей казалось, что она достаточно ясно высказалась по этому поводу за завтраком, и она не хотела рисковать и раздражать Лину прямо перед этим ужином.

Они нексколько минут постояли перед рестораном, ожидая, когда придет Лес. Вечер был достаточно теплым, но иногда дул ветер, а на небе появлялись темные тучи. У Лекси зазвонил телефон. Звонил Лес. Он сказал, что опаздывает, но постарается скоро приехать.

«Ну Лес!» — сказал она разочаровывающемся тоном. «Ты же знаешь, как это для меня важно». Он ответил, что понимает и постарается приехать как можно скорее, но не был уверен, во сколько приедет, и что они могут заказывать и начинать без него.

«Нет, Лес, мы подождем», - сказала она ему, —

«мы зайдем и подождем в баре».

Леслав извинился, что задерживается, но не сказал почему, но Лекси знала, что это из-за нежелания встречаться с Линой. Поэтому она и не спрашивала: она не хотела, чтобы он лгал ей, и не хотела слышать правду.

«Все хорошо, милый. Просто постарайся побыстрее», — сказала Лекси и причмокнула губами, изображая поцелуй. Увидев это, Лина закатила глаза, за что в ответ Лекси слегка стукнула её по руке. Лес что-то сказал в ответ — но это был явно не звук поцелуя, да это и не было в его стиле, ведь он никогда не называл Лекси ласково, и тем более никогда не показывал своих чувств по телефону. Он стремился казаться деловитым, когда говорил с ней по телефону с работы, а в других ситуациях быть нейтральным. Однажды Лекси спросила его об этом, на что он ответил, что не любит этих нежностей по телефону. Она пыталась показать уважение к этому решению, но со своей стороны не обещала, что будет вести себя так же. Он не возражал, поэтому на данный момент её все устраивало.

«Итак, сегодня Лес не придет? Какая жалость!», — сказала Лина саркастическим тоном.

«Тихо, он просто слегка запаздывает», — нахмурилась Лекси. «Давай посидим в баре и пропустим по саканчику, пока ждем». Лина согласилась, и они зашли в ресторан,

Они сели за маленький, но высокий стол с тремя высокими стульями. Вскоре после того, как они сели, к ним подошла официантка. Девушки заказали два бокала игристого вина. Лекси нравились пузырьки в вине, и она его заказывала при любом удобном случае. Это вино играло, и ей нравилась игра.

Как только они сели, и сделали каждая по паре глотков, Лекси спросила: «Это выступление на Си-Эн-Эн будет в понедельник. Ты рада?».

«Нет. С чего бы мне это нравилось?» — Лина спросила, словно задавая риторический вопрос. Лекси, по мнению Лины, была рада любому пустяку. «Не я же иду на эфир, а Эуэлл». Она выпила немного вина.

«И все же — ты должна быть рада за него и за компанию», — сказала Лекси с некоторыми нотками неодобрения.

«Меня, скорее, привлекает эта возможность», — уточнила Лина.

«И ты должна быть горда, что ты помогаешь ему», — сказала Лекси с улыбкой гордости за свою лучшую подругу.

«Да, возможно», — сказала Лина. «Потребовалось много усилий, чтоб подготовить каждый тезис на каждую неделю, создать прогнозы и все такое — и только для того, чтобы в один важный день нам сказали, чтобы мы снова пришли на эфир».

«Плюс еще репетиции выступления и записи на камеру», — добавила Лина.

«Да, это было так рутинно — снимать по нескольку раз одно и то же», — посетовала Лина, — «научить его контролировать выражение лица, отрабатывать жесты, и чтобы речь была без запинок».

«И не кашлять перед камерой», — добавила Лекси, смеясь.

«И смотреть не на нас, а на камеру», — сказала Лина, сделав еще глоток.

«И не искать ручку, как будто что-то записать хочет, хотя листка бумаги перед ним нет».

«Ну да — эти его вечные рисунки», — сказал Лина, покачав головой.

«Ты его классно тренируешь», — заметила Лекси. «У тебя столько ценных замечаний. Ему повезло, что ты ему помогаешь».

«Все равно — он боится выступать в эфире», — заметила Лина. «Но это пройдет, когда он научится говорить в камеру».

«Да ему только главное поймать момент», — сказала Лекси, махнув рукой, и отпила глоток из бокала.

«А я в этом не уверена. Он хорошо общается, когда говорит один на один, напрмер, с клиентами. Ему важно видеть их и строить диалог».

«Точно!» — с заинтересованностью подхватила Лекси и отпила еще глоток своего игристого.

«Но ведь в понедельник этого всего не будет», - продолжила рассуждать Лина.

«Но у него будем мы», — заметила Лекси.

«Нет, нас там не будет. Он и не должен говорить

так, словно его опрашивают или говорит со зрителями», — объясняла Лина. «Я и говорила ему об этом последние три недели, что мы репетировали. Фактически, нас даже не будет в студии, где будут проходить съемки».

«Я все же ставлю на то, что он удивит тебя и будет в ударе», — заявила Лекси.

«А мне кажется, что он будет зажат и будет говорить монотонно, и…»

«Да ну брось, Лина», — перебила Лекси.

«И второго собеседника там не будет», — сказала Лина, пока Лекси качала головой, показывая несогласие, и а затем отпила из своего бокала чуть больше обычного. «И все это время будет затрачено впустую, и компания только зря потратила наше время и деньги на видео оборудование».

«Надо позитивно думать. Это будет не совсем в пустую — я нашла Леса», — сказала Лекси широко улыбаясь.

«А кстати, где же мой хороший друг Леслав?», — с усмешкой спросила Лина.

«Прочь сарказм! Он скоро придет» — сказала Лекси, оглядываясь по сторонам в поисках официанта, чтобы заказать вторую порцию игристого — её бокал был пуст, и Лина тоже уже почти допила свой. Но ведь бокалы для шампаснкого небольшие.

Как раз в этот самый момент, высокий молодой брюнет с вьющимися волосами и светло-голубыми глазами прошел с подносом, на котором стояли три бокала шампанского.

«Леди», — сказал он, поставив первый бокал перед Лекси.

«Ой спасибо!» — сказала Лекси, взяв со стола свой пустой бокал и поставив его на поднос. «Отличное обслуживание!».

«Я подумал, что вам захочется выпить еще по бокальчику — кстати, за счет заведения», — сказал он мягким баритоном.

Лекси широко улыбнулась и сказала: «Ох, как здорово». Но не стала объяснять почему.

Он поставил второй бокал перед Линой. Она взяла свой первый бокал и выпила из него остатки, а потом поставила пустой бокал на поднос. Затем она поблагодарила, но не успела до конца сказать «спасибо» — пузырьки давали о себе знать. Она прикрыла губы ладонью. Молодой человек улыбнулся. Лина извинилась, при этом смущенно улыбаясь. Молодой человек и Лекси засмеялись. У него была красивая улыбка, которую Лина только что заметила и нашла совершенно очаровательной.

Затем он поставил третий бокал с шампанским на стол. Лекси сказала: «Но нас пока двое».

Он кивнул, затем повернулся и передал поднос обслуживающей их официантке, когда та проходила мимо. Он поблагодарил её улыбкой. Лина снова обратила внимание на его улыбку — впрочем, как и официантка, когда чуть наклонилась взять поднос. Парень был очень симпатичным. Лине он нравился, и она была рада своей свободе от собственных предрассудков — ведь у нее не было таких правил, как у Лекси — не встречаться с официантами или барменами ни при каких обстоятельствах.

«Что вы имеет ввиду — только двое пока? Кто-то еще придет?» — спросил он.

Лекси широко улыбнулась и сказала: «Да, мой друг». Лина посмотрела на Лекси. Первый раз Лекси назвала Леса своим другом.

Молодой человек не дал Лине долго смотреть на Лекси, прервав её удивление вопросом: «А ваш друг? Он тоже приедет?»

«Ой, нет. У Лины нет друга», — сказала Лекси до того, как Лина смогла открыть рот.

«Очень хорошо», — сказал молодой человек, присаживаясь на третий стул за столиком. Он протянул руку Лине и сказал: «Я Клайв. Приятно познакомиться, Лина».

Лину это смутило, но она охотно пожала ему руку. Его рука была сильной и теплой, но не большой, а именно правильного размера, со всеми пропорциями. «Приятно познакомиться, Клайв?». Честно говоря, на тот момент ей было не очень приятно, она чувствовала себя неловко.

«А вас как зовут?» — спросил он, протягивая руку Лекси.

«Меня Лекси», — охотно сказала она и пожала ему руку. Она поняла, что ему понравилась Лина. Она подумала, что это нормально — когда какой-то классный парень западает на Лину. «А вас зовут Клайв, да? Имя как у актера Клайва Оунса?»

«Да, имена у нас одинаковые, но мы не родственники», — сказал он, подмигивая Лекси, отчего та рассмеялась. «Приятно познакомиться, Лекси». Он снова повернулся к Лине и снова, с теплотой в голосе сказал: «С вами обеими очень приятно познакомиться».

Лина улыбнулась и посмотрела на его губы, надеясь, что он снова широко улыбнется. Ей хотелось видеть его улыбку. Она заметила, какие мягкие у него губы. У большинства мужчин, она замечала, губы жесткие, потрескавшиеся, или просто очень сухие. А губы у Клайва ей нравились.

«Простите, а вы здесь работаете?» — спросила Лекси тем же радостным тоном.

Лина посмотрела на Лекси с недоумением — как можно задавать такой глупы вопрос?

«Нет», — признался Клайв и рассмеялся. У него был мягкий, но какой-то заразительный смех. Лина и Лекси тоже рассмеялись. «Я сидел за баром и не мог отвести глаз от Лины».

Лина подняла взгляд и спросила: «От меня?». Казалось, она не верила ему.

«Да, Лина, от вас», — сказал он спокойным тоном. Его губы остались приоткрытыми, и были видны белые ровные зубы. Они потому и были видны, что были белоснежно белыми. Лина пристально на них смотрела, забыв, что он тоже на нее смотрит. Мыслями она уже была далеко. Сама того не желая, она представила, как она наклоняется к нему утром спящему и видит эти полуоткрытые губы. Лина вздохнула, слегка прикусила нижнюю губу.

Левой рукой она захватила конец стола, и кончиками пальцев приподняла бокал, который он ей дал. При этом все еще не открывала взгляда от губ Клайва. Зажала ягодицы и втянула вагину. Крепко сомкнула губы. Она глубоко вздохнула.

«Лина?» — услышала она обеспокоенный голос Лекси.

Лина медленно повернула голову к Лекси. Только тут она поняла, что была в каком-то забытьи. Она резко отвернула взгляд от Клайва, смущаясь от того, что он заметил, как она пристально смотрела на него и что-то себе воображала. Её лицо покраснело. Она почувствовала жар, настолько ей было стыдно. «Ой, я...простите», - пробормотала она, пытаясь понять, сколько времени прошло. В голове проносилась мысль: «Он знает, о чем думала! Нет, он не может знать. Правда ведь, не может?».

Лекси покачала головой, улыбаясь Лине — она поняла. Затем Лекси сказала: «Можно я позвоню Лесу — своему другу» — с некоторой гордостью сказала она, обращаясь к Клайву.

«Очень хорошо», — сказал Клайв в ответ.

Лекси встала из-за стола, взяла свою сумку и телефон, и вышла из кафе, чтобы поговорить с Лесом спокойно. Если он еще долго не собирался приходить, или вообще отменить все мероприятие, то ей не хотелось обсуждать это в присутствии Лины. Она хотела, чтобы Лина с Клайвом тоже поболтали без нее.

«Итак, Лина», — сказал Клайв, как только Лекси ушла, — «расскажи мне о себе».

Лина улыбнулась, чувствуя облегчение, что он не стал обращать внимание на её минутное забытие.

Лекси была в паре шагов от них, и уже собиралась нажать кнопку вызова, чтобы позвонить Лесу, но прислушалась, чтобы понять, говорит ли Лина своим обычными короткими фразами, и была рада услышать, что нет. Напротив, Лина была достаточно словоохотливой прямо с самого начала разговора. Конечно, Лина говорила не так оживленно, как могла бы на её месте говорить Лекси, но говорила она спокойно и слышалось, что она не собирается создавать барьер недоверия в разговоре. В голосе Лины не слышалось и присущего ей скептицизма, которые она часто выказывала при знакомстве с молодыми людьми. Лекси улыбнулась, заметив, что Клайв тоже рад, если только радость не была вызвана чем-то другим.

«Алло?!» — уже в третий раз сказал Лес

«Ой прости», — сказала Лекси. Она не слышала, как Лес отозвался первые два раза. Она, вероятно, автоматически нажала кнопку вызова. «Тут просто шумно. А где ты? Идешь уже?».

«Да, да» — сказал Лес. «Я уже спускаюсь в метро и буду минут через десять».

«Отлично!» — сказала Лекси, все еще смотря на Лину и Клайва. Лина смеялась над его шутками.

Правой рукой она намытавала локон на указательный палец. «Да, отлично», — повторила Лекси.

«Что?» — спросил Лес. Теперь он не слышал из-за шума. Он спускался в метро и связь скоро потеряется. Она слышала шаги толпы в метро и голоса других пассажиров.

«Не спеши», — сказала Лекси. Она отвела взгляд от Лины и Клива и направилась к выходу. «Я встречу тебя у входа в метро, около моего дома».

«Почему? Мы же собирались вместе поужинать», — он старался перекричать шум вокруг.

«Планы поменялись», — крикнула она в ответ, теперь уже около входа в кафе. «С Линой мы встретимся после, за десертом — может быть».

«Ну я не против», — сказал Лес обычным голосом, так что Лекси уже не расслышала.

«Скоро увидимся, любимый», — сказала она ласковым голосом. Связь прервалась до того, как Лес смог ответить — так, по крайней мере, хотела верить Лекси. Наверно, он уже спустился в метро. Она положила телефон. Все же в ней зародилось некоторое подозрение, что он, возможно, отключился, чтобы не отвечать на это обращение — любимый. Впервые в жизни она назвала его так. Дул теплый ветер, и грустные мысли развеялись. Она посмотрела на небо — темные тучи были уже прямо над головой. Через стеклянную дверь она снова посмотрела на болтающих за столиком Лину и Клайва. Они оба улыбались. Клайв протянул руку и дотронулся до Лины. Лина продолжала смеяться и тоже коснулась его рукой.

Лекси улыбнулась и сказала: «отлично».

Она повернулась и в отличном настроении направилась в сторону метро. На ум пришла песня Ван Моррисона:

"Ах, какая прекрасная ночь

Для танца под Луной

Звезды в твоих глазах"

Мимо проходили двое молодых людей. Оба улыбнулись, а один сказал: «Хороший голос».

«Спасибо!» — ответила Лекси. Она направилась дальше, снова напевая:

"Сияют морской волной"

Они прошли, Лекси пела себе под нос. Какой-то куплет она пропустила, и снова запела громче:

"Я этой ночью хочу быть с тобой"

Мимо проходили двое молодых людей и как раз услышали, как она пела эту песню. «Нет, дорогой, не с тобой», — сказала Лекси, хихикнув.

Другой ответил: «А почему нет?»

Она рассмеялась и сказала: «У меня есть друг. Я как раз иду к нему на свидание». Молодой человек ответил, что ему не повезло.

Она продолжила петь, повторив эту строчку — на сей раз её никто не услышал.

"Этой ночью хочу быть с тобой.

…

Время больше не может ждать

Я так хочу тебя обнять."

Лекси закрыла глаза. Она стояла у выхода из метро, где они условились встретиться. Темным облакам стало тяжело сдерживаться, и покапал дождь. Теплый ветер сделал пару кругов вокруг нее. Люди проходили и не натыкались на нее. Она продолжала петь уже тише:

"Когда ты придешь

Сердце скажет, что ты не одна

И сбудется наша мечта"

Внутри её кружили эмоции. Она чувствовала, как внутри нее все наполняется теплотой, наполняя её тело, сердце, подходя к лицу и полностью окутывая её. Она сама не понимала, что на нее нашло.

Теперь она напевала совсем уж тихо:

"Ах, какая прекрасная ночь

Для танца под Луной..."

Из метро вышел Лес и направился к ней. Она открыла глаза — те были мокрыми от слез.

Хотя Лекси никогда не стеснялась выражать свои радостные чувства целым репертуаром улыбок, в глубине души она постоянно чувствовала отчаяние. Она сама не знала почему — возможно, из-за того, что скучала по сестре, которая оставила её одну в этом мире. Когда сестры не стало, Лекси была слишком маленькой и не понимала, что такое смерть, и поэтому не плакала — она так никогда и не оплакала смерть сестры. Но боль осталась. Не понимая и не осознавая эту боль, она прятала её на задворки своей души. Она держала эту боль взаперти словно грустного, вредного ребенка, которого не выпускают из комнаты за плохое поведение. И двадцать лет этого ребенка постоянно запирали, а он стучалася, просил о прощении и молил о свободе. Этот ребенок и виноват-то ни в чем не был, но по чисто детской привычке эта девочка, маленькая Лекси, была склонна винить саму себя в собственных страданиях.

«Что случилось?» — спросил Лес, увидев, как по щекам Лекси катятся слезы. Она разразилась слезами и стала всхлипывать. На её лице была, хоть и натянутая, но очень жалостливая улыбка — она первый раз так улыбнулась. Она не могла говорить. Но даже если бы она и могла произнести хоть слово, то не смогла бы выразить своих чувств. Это было выше её понимания. Она никому бы в этом не призналась, даже самой себе. Вместо этого она просто крепко обняла Леслава — так, как никого раньше не обнимала. Она не хотела его отпускать.

«Ты раздавишь меня», — попытался сказать Леслав. Он спросил: «Да что с тобой случилось?»

Она чуть отклонилась от него, но все еще твердо держала его за руки. Она дотянулась до его губ и поцеловала его. Затем повернулась, взяла его под руку и еле слышно прошептала: «Пошли домой»

«А как же ужин?» — спросил он с удивлением.

Она покачала головой - нет. Они пошли к ней. «Я хочу заняться с тобой любовью».

Леслав улыбнулся. Улыбка не сходила с его лица все время, пока они шли до квартиры Лекси и Лины. На какое-то мгновение в её голосе промелькнула мысль: «Мы с Линой наконец-то нашли дом. Как же давно мы не были дома».Кажется, в этот момент она понимала больше, хотя этого от нее вряд ли кто-то ожидал.

Глава одиннадцатая

После той пятницы, когда они познакомились и выпили шампанского, Лина и Клайв на следующий день встретились поужинать вместе. Они пошли в милый ресторанчик — не фешенебельный, но милый. Приглушенный свет, классический интерьер и теплая атмосфера. На другом конце ресторана, в лаунж зоне, трио играло джаз. Лина отметила про себя, что это очень мило. Еда тоже не подвела. Клайв хорошо знал и место, и меню. Он посоветовал, что ей может понравиться из еды, и заказал бутылку хорошего вина. Все это Лине очень нравилось.

Они болтали обо всем: она рассказывала о том, как жила в Филадельфии и как ей нравился Лондон; он рассказал о своей семье — его семья была дружной, но не давила. Поговорили немного и про работу. В конце концов, они стали обсуждать тему отношений, и что им нравилось и не нравилось в них.

«Я хочу видеть рядом с собой зрелую женщину, которая знает, чего хочет в этой жизни», — сказал Клайв. Они уже покончили с ужином и допивали вино. Бутылка была пуста, но у них обоих бокалы были наполовину полны. Уходить они не спешили, поскольку не были уверены, пойдут ли они по домам или продолжат вечер вместе — им этого хотелось, но никто из них не был в этом уверен до конца и не решался предложить это первым. «Ясность ума в женщине и умение выражать себя — в этом, помимо всего прочего, заключается сексульная привлекательность женщины»..

Лина одобрительно улыбнулась в ответ и заметила, что понимает его и полностью согласна с этим.

«Мне нужна женщина, которой я могу восхищаться. Я не хочу видеть женщину, которая со мной по другой причине — это много раз уже случалось со мной», — добавил он. «Я устал от этого».

Лина посмотрела на него с интересом. Он улыбнулся и она вновь и вновь изучала его улыбку. Она вздохнула. Он улыбнулся и спросил, понравился ли ей вечер. Она кивнула и сказала, что им нужно идти. Он согласился. Он оплатил счет и они вместе вышли.

Когда они вышли из ресторана, Лина спросила, где он живет. Он ответил, что недалеко отсюда. Она многозначительно улыбнулась. Он спросил, не хочет ли она пойти посмотреть его квартиру. Она ответила, что с удовольствием. И они пошли к нему. По дороге, она подумала, что надо послать Лекси сообщение, что она сегодня не будет ночевать дома, но она просто не могла оторвать взгляд от Клайва. Да Лекси и не надо было предупреждать: она и так обо всем догадалась.

Квартира Клайва была хорошо обставлена, в интерьере царили теплые тона. Было чисто, везде все прибрано. Кресла были очень удобными и свет приглушен. Лине и это тоже понравилось, и она сказала об этом Клайву. Он поблагодарил её за комплимент и сказал: «У меня редко бывают посетители — я очень придирчив, кого впускать в дом, но если кто-то и приходит, мне хочется, чтобы гостю было удобно». Лина ответила на это широкой улыбкой. Ей у него дома было очень удобно, особенно в кровати.

❦

Все следующее воскресное утро они лежали в кровати. Решились встать поздно — ближе к полудню. Он приготовил ей завтрак, который Лина сочла самым вкусным завтраком в своей жизни.

После они перешли на диван. Она прильнула к нему. Ей нравилось чувствовать тепло его тела. До этого она никогда не делала ничего подобного — остаться на ночь у мужчины, а утром не уходить. Иногда бывало, но ночью либо парень уходил, либо она, и в любом случае, все происходило по её инициативе. В своих мечтах у нее были представления о таких отношениях с долгими завтраками, но она никогда не думала, что в реальности это случится. Но и то, что у неё с Клайвом случится все так быстро, она тоже не думала.

Она лежала в его объятъях, и думала обо всем этом, что она влюбилась в него. И тут у нее включилось благоразумие. Она поняла, что впрыгнула в постель с первым встречным. Она вспомнила тот зарок, который дала сама себе, что она не будет ни с кем встречаться года два. Вскочив с дивана, она воскликнула: «Господи!» И освободилась из его объятий.

«Ого! Что случилось?» — спросил он, думая, что произошло что-то совершенно неожиданное — паук что-ли прошел?

«Ничего. Мне надо...». Она пыталась придумать предлог, чтобы убежать. «Я забыла. Мне правда надо идти».

«Надо идти? Куда? Прямо сейчас?» — спросил он. В его голосе слышалась какая-то мальчишеская обида. До этого он казался обходительным и уверенным в себе. Когда он чувствовал, что все идет хорошо, было легко казаться обходительным и уверенным. В тот момент он чувствовал, что-то не так. Он почувствовал, что ситуация выходит из-под контроля, когда Лина вдруг неожиданно решила уйти. Появилось беспокойство, что он может её потерять.

«Мне просто надо идти. На работе завтра важный день», — пояснила она. Оба эти утверждения были правдой, но, соединившись вместе, они не казались таковыми, или просто казались предлогом. Из Си-Эн-Эн собирались прийти на следующее утро к ним в офис, и день правда был важным, но ей надо было идти вовсе не поэтому.

«Посмотри, пожалуйста, на меня», — сказал он, протягивая к ней руку, когда она направилась в спальню переодеться. Она не смотрела на него. Врать ему Лина не могла, и не могла смотреть ему в глаза. Она боялась, что её решимость уйти поколеблется.

«Извини. Я оденусь сначала. Я быстро», — сказала она, все еще стоя к нему спиной.

Он пошел за ней в спальню, но не вошел, а

остановился на пороге. Он был в одних пижамных штанах. На его тело было приятно смотреть, но он не был мускулистым. Он был слегка загорелым, не белым, да и скрывать ему было нечего. Засунув руки в карманы брюк, он прислонился к двери и смотрел, как она одевается. Это его успокоило.

Она не была готова оставаться на ночь, и на ней была только его футболка. Лина натянула юбку, поправила её. Клайв улыбнулся — она все ещё стояла к нему спиной, когда одевалась. Она собиралась снять футболку, но остановилась. Она посмотрела через плечо, не подглядывает ли он. Он подглядывал.

«Извини. Я отвернусь», — сказал он с улыбкой, — и хорошо, что не широко.

Когда он отвернулся, Лина сняла футболку и положила её на кровать. Она надела бюстгальтер и блузку. Затем села на кровать и начала натягивать чулки. Услышав, как скрепит кровать, он повернулся.

Она взглянула на него мельком, потом снова начала натягивать чулки и сказала: «Сожалею, что приходится так внезапно уезжать. Но я ж рассказывала тебе — завтра утром приедет Си-Эн-Эн».

Он подошел к ней, присел перед ней на корточки, положил руки к ней на колени. Чулки она успела надеть.

«Надеюсь, ты не думаешь, что пошло что-то не так?» — спросил он, спокойно глядя ей в глаза. «Ты уходишь потому, что надо готовиться на завтра?».

Посмотрев на него лишь мельком, она улыбнулась. Затем потянулась к нему, поцеловала в губы и сказала: «Мне надо идти». Не дожидаясь его ответа, она встала с кровати и направилась в гостиную.

Он наклонил голову, все еще сидя на корточках на полу. Это казалось нелепым, но он любил её и понимал, что если не будет осторожным, то потеряет её. От того, что он сейчас скажет и что сделает в ближайшие две минуты, будет зависеть, станет ли она его девушкой, или останется лишь «девушкой на выходные», хотя и будет вспоминать потом о ней с любовью и тоской в течение многих последующих месяцев. При этой мысли, он тяжело вздохнул. Решение было нелегко принять.

Он очень хотел, чтобы у него появилась девушка, чтобы его жизнь не была пустой. Возможно, он поступал глупо в отношении Лины, но тот факт, что она тоже влюбилась в него, только подстегивал его к этому. Из своего опыта он понял — чтобы отношения продолжались, оба должны быть на одной эмоциональной волне, или хотя бы рядом. Если он будет торопить события, то может показаться жалким и девушка от него отвернется. Если же он будет проявлять инициативу, девушка может подумать, что он боится обязательств, или подумает, что не нравится ему, и все — она тоже для него потеряна, и шанса исправить ему не предоставит.

Лина ускоряла отношения, а ведь они встретились всего два назад, и его это и вдохновляло, и подстегивало не отставать. Это даже его радовало, когда не надо было осторожничать на первых свиданиях и потихоньку завоевыть доверие. То, насколько стремительно развивались их отношения и вдохновляло, и давало ощущение новизны. А теперь неожиданно она отбрасывала их отношения на несколько этапов назад. Чувствовал себя он в этот момент совершенно по-дурацки.

Он говорил себе успокоиться, не давить, не форсировать события, слушать свое сердце, не тушеваться и не отступать, словно произошло непонимание или ошибка. Ему выпал счастливый случай, и он должен стоять до конца. Он встал, потянул ноги и выпрямил спину. Ребенку в себе он мысленно сказал: «Все будет хорошо. Мне нужна женщина, которая точно знает, чего хочет в жизни. Она должна, в том числе и знать, что я ей нужен. Если она не понимает, что мы с ней можем быть счастливы, я должен это принять и отпустить. В конце концов, найду другую». Он вздохнул и уже в голос сказал: «Пусть она сама решит, не пытайся её убедить». Он кивнул и вышел из комнаты.

В гостиной он увидел, что в одной руке она держала пальто, а в другой — сумку. Пытаясь надеть туфлю не наклоняясь, она чуть покачивала бедрами.

«Ой-ой, как же ты спешишь», — заметил он беспечным тоном, пытаясь скрыть, что его это задело.

«А? Ах, да, я спешу, я ж говорила», — повторила она не глядя на него. Теперь она надела вторую туфлю. Он подошел к ней и мягко взял за руки. Она посмотрел на свои туфли, пытаясь понять, ровно ли надеты. Шли секунды, и она понимала, что не может больше избегать его взгляда. Она замерла, на её лице появилось печаль.

«Лина, посмотри на меня», — мягко сказал он. Она не подняла головы. Губы едва заметно дрожали. «Пожалуйста», — мягко повторил он.

Она посмотрела на него, глаза блистели — слезы вот-вот хлынут. Он провел рукой по её волосам, с любовью посмотрел в эти глаза. Она что-то хотела сказать, но не могла; мысли словно заморозились. Лина не знала, что делать — то ли оттолкнуть его, то ли сказать, что любит. Отталкивать его она не хотела, но боялась сказать, что любит — в этом был страх потерять его. Поэтому она ничего не сказала. Он обнял её.

Она уткнулась в его плечо всхлипивыя, слезы уже текли по щеке. Он   погладиил её по спине и мягко сказал: «Все хорошо, милая. Все хорошо».

Она выронила сумку и пальто на пол и тоже обняла его, чуть посильнее прижав. Голову она повернула, и он чувствовал её шелковые волосы. Это было приятно. Она прошептала: «Пожалуйста, не покидай меня».

Это его привело в некоторое замешательство, но то, с какой наивностью это было произнесено, заставило его улыбнуться. Он приказал самому себе не отвечать, а просто притвориться, что ничего не произошло, или переспросить «Что ты сейчас сказала?». Он знал наверняка, что у нее не хватит смелости повторить это. Его разум не мог совладать с сердцем. К счастью, сердце все же победило.

Он прошептал ей «Не брошу». Она еще сильнее его обняла. От этого ему стало еще приятнее. Ему нравилось, когда она его так обнимала. Это приводило его в состоянии эйфории. Он подумал: «Она- лучшая девушка, которую я когда либо знал — и возможно, другой такой никогда больше не узнаю. Нечего колебаться — пришло время прыгнуть со скалы. Давай же!». Вслух он сказал: «Обещаю».

Она подняла голову и взглнула на него. Её лицо было в слезах, на щеке локон был слегка влажным от слез. По его глазам она пыталась понять, правду ли он говорит. Глаза, как она поняла, не обманывали. Лина широко улыбнулась и поцеловала его. Ей было тяжело дышать от слез. Затем она взяла его за руку. Они пошли в спальню, где медленно и романтично занимались любовью. В тот день она не ушла.

❧

В ночь с пятницы на субботу, когда Лекси оставила Лину и Клайва продолжить знакомство в ресторане, Леслав остался ночевать у Лекси. В ту ночь похолодало. Одеяло Лекси не грело, и если бы её не согревали объятия Леса, Лекси бы совсем замерзла. Отопление в доме еще не дали. Миссис Штил отказывалась включать отополение до ноября, а был еще октябрь. Ночью Лекси спросила Леса, могут ли они купить ей то роскошное одеяло в «Джсн Льюисе». Он не возражал. С его скидкой сотрудника это выйдет недорого, и Лина не будет ворчать по поводу цены. И все же Лине она решила пока ничего не говорить. Потом, когда Лина будет в хорошем настроении, она прокрадется к ней в комнату и скажет.

И вот настало то утро, когда Лекси и Лес пошли покупать одеяло, пока Лина еще спала. Они заехали к нему умыться и переодеться, и все равно приехали до открытия универмага. Лекси сидела напротив в кафе Макдональдс, а Лес пошел через служебный вход. Для Лекси это было единственным теплым местом, где она могла попить кофе и увидеть, как открывается магазин. Да и несмотря на то, что ей нравилось проводить время с Лесом, иногда все же приятно побыть одной. Она подумала о Лине, о том, какая она пришла счастливая вчера вечером. Девушки проговорили почти два часа, как какие-то школьницы, которые сплетничали об одноклассниках, хотя до этого они не были так откровенны. Друг Лекси спал, смех и болтовня девушек ему совсем не мешали. Стали гадать, как пройдет второе свидание, и Лекси была уверена, что все будет хорошо. Лина не возражала.

«Я правда его люблю», — подумала Лекси, выглядывая из окна на здание универмага. Теперь её мысли были о Леславе. Около входа несколько людей ждали открытия магазина. Им было холодно. Она поднесла чашку к губам и хотела отпить, но остановилась. Ей не давала покоя одна мысль — когда она сказала «любимый» прошлым вечером, Лес бросил трубку, или просто в метро была плохая связь. «Нет, все же он совсем спустился к поездам, там никогда нет связи». Она глотнула кофе. Потом начала вспоминать, называл ли он её как-то по-особенному — «любимая», «моя любовь» или еще как-то, что бы показывало его любовь. Она его называла ласковыми именами, но он не отвечал ей тем же.

Зазвонил телефон. Это было сообщение от Леслава. Она улыбнулась, и её минутное беспокойство было забыто. Он писал, что магазин уже открыт (действиительно, она увидела, как люди стали заходить в магазин), и что он поговорил с приятельницей, Памелой, из отдела домашнего текстиля, которая сказала, что она сделает для Леса скидку сотрудника на покрывало, но покупать должен сам Леслав. Двумя большими пальцами Лекси сразу ввела ответ — как заплатить. Она спросила, может ли он заплатить своей кредитной картой, а она бы ему потом перечислила. Через минуту он ответил, что забыл кредитку дома, и у него с собой только пятьдесят фунтов, и хватит ли этого. Она сразу же ответила, что хочет то большое одеяло из белого пуха и перьев венгерского гуся, которое очень большое и стоит гораздо больше пятидесяти фунтов и что она готова передать ему свою кредитную карточку, чтобы он оплатил. Он ответил, что так можно попробовать, но она должна присутствовать при покупке, чтобы никто не заподозрил, что он покупает не для себя.

Он написал ей идти в отдел домашнего текстиля, выбрать, что хочет и предупредить Памелу, его знакомую, чтобы та отложила это одеяло для Леса и, пока никто не видит, передать ей Американ Экспресс. Лекси поспешила ответить, что эта кредитная карта принадлежит компании. Она, конечно, может оплатить этой картой, но ей надо будет оплатить в конце месяца, потому что тогда заплатит компания, а ей не хочется нарываться на неприятности с мисс Гамильтон из отдела персонала, которая четко следит за частными тратами сотрудников по корпоративным картам. Она бы предпочла оплатить своей картой Виза и затем выплачивать несколько месяцев. Он объяснил, что у них скрытая распродажа и можно получить дополнительную скидку в десять процентов, если оплатить картой Американ Экспресс. Её прельстило это предложение, но она удивилась, что не знала об этом, хотя внимательно следила за всеми маркетинговыми акциями. Он ответил, что это пока для особых клиентов и только на две недели, и что реклама вот-вот появится. «Все это очень привлекательно… наверное», — подумала она про себя. Она колебалась, поскольку не была уверена, что можно. Она еще хотела расспросить об этой дополнительной скидке, но тоже не решалась — боялась наскучить. И тут получила сообщение от Леслава: «Извини, любимая. Должен работать. Иди выбери одеяло и затем жди меня в Макдональдсе».

«Ой», — воскликнула она, широко улыбаясь. Он назвал её любимой. Она радостно вздохнула, забыв, что хотела еще узнать про эту акцию, и направилась в сторону универмага выбирать одеяло. Её выбор пал на большое одеяло за триста пятдесят фунтов и на пододеяльник к нему еще за сто. Она передала их Памеле, которая стояла рядом, но не помогала, хотя двум другим продавцам в этом отделе, казалось, нужна была помощь с покупателями. Подмигнув, Лекси передала Памеле карточку для оплаты. Памелу, казалось, рассердило это панибратство, но она взяла кредитку и незаметно положила её в карман.

«Пожалуйста. Только не говори никому», — сказал он, подняв указательный палец вверх. «Даже этой Лине».

«А, хорошо», — сказала она, посмотрев в сумку.

«Мне надо обратно на работу», — сказал он, показывая большим пальцем через плечо. Он отвернулся, намереваясь уйти.

«Постой», — крикнула она ему. Он остановился почти около выхода и повернулся к ней. Лекси направилась к нему, с трудом держа сумку. «Давай испробуем это сегодня вечером», — сказала она с обезоруживающей улыбкой.

«Нет, сегодня не могу. Прости», — сказал он.

«Не можешь? Почему?» — сказала она. Её губы дрожали.

«Просто не могу. Сразу после работы поеду загород к родственникам. Уеду на все выходные». О родственниках она услышала в первый раз. Она сделала жалостливое лицо, надеясь, что он возьмет её с собой. Но нет. «Послушай, мне надо идти, а то у меня будут проблемы». Он вышел из кафе и перебежал улицу.

«Что?! Даже не поцеловал на прощание? Что вообще такое?» — сказала она перед закрытой дверью. Затем посмотрела на сумку. Еще раз достала чек и убедилась, что именно та сумма. Улыбнулась и посмотрела в сторону универмага. Леслав как раз собирался зайти. Он обернулся взглянуть на нее. Она улыбнулась и послала ему воздушный поцелуй. Он взмахнул рукой и скрылся за дверями магазина.

Глава двенадцатая

«Моя любовь», — сказала Лекси, вздохнув. Было утро понедельника. Это новое роскошное одеяло грело её уже две ночи подряд. Лина ушла на второе свидание с Клайвом, и все еще не вернулась. Лекси в воскресенье вечером написала ей в сообщение узнать, жива ли она. Лина ответила где-то через час, что, точно, жива. Лекси написала, что очень рада за неё, разумно полагая, что Лина безумно счастлива. Она знала, что Лине это одеяло не понравится, но все же она отправила ей фотографию, надеясь что раз уж оно обошлось недорого, то Лина не будет слишком сердиться. Момент был выбран подходящим: Лина ответила «Мне нравится! Какое классное!». Лекси почуствовала облегчение, когда прочитала её ответ. Её особенно порадовало, что Лина не спросила про цену, хотя Лекси и была готова встать на защиту Леслава и рассказать про скидку сотрудника.

Все еще нежась под одеялом, Лекси обдумала все происходящее с ней за последние пару дней: Лина была в отличном расположении духа и нашла новую любовь. Лес назвал её любимой и помог купить ей это согревающее одеяло. Она взвизгнула от восторга и, закрыв глаза, сказала: «Идеально!». Её восторгу не было предела.

«Лекси! Лекси!» — сказала Лина, хлопнув дверью и входя в квартиру. Лекси закрыла глаза и натянула одеяло. «Вставай! Мы опаздываем!». Было слышно, как Лина поставила сумку.

Лекси с трудом заставила себя открыть глаза. Она слышала, как Лина прошла в ванную вдоль по коридору. Её будильник прозвенел всего-то пару минут назад — так, по крайней мере, казалось Лекси. Она все еще думала о том, как прекрасна жизнь, и ей так хотелось продлить эти минуты, хоть не надолго. Она услышала, как Лина чертыхнулась, пытаясь включить горячую воду. Спустя минуту она уже бежала в спальню — переодеться. Она все еще была в той одежде, которую надела в субботу вечером. Она снова крикнула: «Александра Найвински! Посмотри на часы».

Лекси медленно повернулась взглянуть на часы на своем ночном столике. Не хотя, она пробормотала: «Но почему?». Снова заставила себя открыть глаза и посмотреть на часы. «Черт!» — теперь выругалась Лекси.

«Теперь понятно почему», — сказала Лина из ванной. Она все еще хотела принять душ.

Двадцать минут спустя, Лина и Лекси, умывшись и надев чистую одежду, но не успев накраситься, бежали по лестнице. От их цоканья каблуков стоял такой грохот, будто приближался шторм. На ходу они пытались застегнуть пальто, шарфы торчали из карманов. Мисисс Штиль выглянула из своей квартиры у подъездной двери и хотела пожаловаться на шум, но отпрянула назад, испугавшись, что собьют.

У подъездной двери Лина крикнула: «Простите, мисисс Штиль. Мы на работу опаздываем. Важный день!»

«Хорошо, что переоделись, а то бы пошли в субботней одежде», — крикнула она им вслед, но остановилась на пороге. Она четко следила, в чем и когда они входят и выходят.

Лекси повернулась к ней и голосом глупенькой девочки сказала: «А она влюбилась!»

Когда они быстрым шагом шли по тротуару, Лина выкрикнула Лекси через плечо: «И вовсе не обязательно всем болтать!».

«Но я рада за тебя», — крикнула Лекси в ответ, пытаясь обмотать шарф вокруг шеи. Она пыталась не отставать от Лины — та была выше, и, следовательно, быстрее.

«Знаю, подруга, знаю», — сказала Лина. Они собирались завернуть за угол, и Лина чуть притормозила, чтобы Лекси могла её догнать — и надеть, наконец, шарф. Было холодно, хотя и достаточно приятно. Не так холодно и влажно, как в субботу вечером.

«Ага. Ты назвала меня подругой», — сказала Лекси, когда они повернули за угол.

«Да. Но все же не зазнавайся». Теперь им предстояло протиснуться сквозь толпу, чтобы попасть в метро.

«Сначала Лес назвал меня любимой, теперь ты назвала меня подругой. Выходные удались», — сказала Лекси, расширяя выходные до утра понедельника, до самого момента начала рабочего дня. Когда они спускались по лестнице в метро, она добавила: «И я тоже тебя люблю».

Лина посмотрела на Лекси с настороженностью и сказала: «Нам надо купить тебе кофе».

Лекси рассмеялась. Они зашли в вагон. Тут она почувствовала, что начинает болеть голова. Коснувшись пальцами левого виска, она сказала: «Ты права. Мне надо кофе». Двери закрылись.

❦

Войдя в офис, через стеклянные двери переговорной они увидели, что команда Си-Эн-Эн уже прибыла.Лекси направилась к кофейному автомату. Лина положила пальто и сумку на стойку у входа и попросила Уэнди, администратора, привлекательную девушку лет двадцати, отнести их в кабинет.

Уэнди сказала: «Подождите. Мистер Стринджер просил вас зайти».

«Мистер Стринджер здесь?» — сказала Лина удивленным голосом.

«Да, он прилетел вчера утром. Он пытался вам дозвониться на сотовый», — сказала Уэнди, подняв брови.

«А, да. У меня были неполадки с телефоном», — объяснила она. Она не взяла зарядное устройство, когда была у Клайва, и не спросила, есть ли у него, поскольку была занята другим. Она достала телефон из сумки и протянула Уэнди. «Поставь, пожалуйста, на зарядку у меня в кабинете. Спасибо».

Уэнди посмотрела на выключенный телефон и улыбнулась. Вероятно, она догадалась, почему телефон отключился. Лина пошла по коридору искать Роджера Стринджера, но остановилась и обернулась к Уэнди.

«Мистер Стринджер у мистера Эулла в его кабинете», — сказала Уэнди, уже встав и взяв вещи Лины в охапку.

«Спасибо, Уэнди».

Лина шла по коридору к кабинету Эуэлла. Она хотела успокоиться и придумать причину, почему у нее был выключен телефон все это время (хотя это её личное дело). Надо также было сформулировать причину сорокаминутного опоздания на работу. Причина была уважительная — она влюбилась, вот только говорить об этом было не прянято.

Она все еще не придумала причину, а Эуэлл уже шел Лине на встречу. «Так вот вы где? Я уже начал беспокоиться, что вы вообще не придете».

«Доброе утро, сэр», — сказала Лина. «Простите, я опоздала».

«Я никак не мог до вас дозвониться», — сказал он. В его голосе слышалось беспокойство. Он подталкивал её идти быстрее.

Они вошли в его кабинет. «Вот и она», — объявил он.

Роджер Стринджер сидел на одном из стульев для гостей. Он проверял сообщения в своем телефоне. Он взглянул на нее и сказал: «А! Хорошо. Мы уж стали беспокоиться. Я только что звонил Лекси и она сказала, что вы уже здесь».

«Извините, что опоздала и не отвечала на телефон», — сказала она, стыдясь.

«Это не важно», — сказал Стринджер. «Главное, что вы здесь».

«Просто, просто… Я опоздала и телефон не работал потому, потому что…». Причина так и не придумывалась.

«Нет необходимости объяснять», — сказал Стринджер, прерывая её.

«Да, у нас есть более важные темы для разговора», — добавил Эуэлл, садясь за стол.

«Нет, я хочу объяснить, почему я опоздала», — сказала она, все еще стоя в дверях. Хотя Эуэлл, кажется, торопился, Стринджер мягко улыбался и ждал её объяснений. «Мой телефон был выключен, и я опоздала, потому что…»

«Потому что она влюбилась!» — скзала Лекси из-за спины Лины. Она незаметно прокралась в кабинет и ждала, что скажет Лина.

Лина покраснела от стыда. На минуту она закрыла глаза, а затем повернулась к Лекси и сказала: «Ну не всем же говорить!». Стринджер рассмеялся.

Лекси улыбнулась и сказала: «Я принесла тебе

кофе».

Лина ответила: «Спасибо. Нет». Улыбнувшись, она повернулась к Стринджеру. Лекси хихикнула и направилась к выходу. Тогда Лина сказала: «Подожди!» и протянула руку. Лекси дала ей кофе. «Спасибо», — сказала она более тихим и более приятным голосом. Она сделала глоток и снова повернулась к Стринджеру: «Извините».

«Все нормально»,— сказала Роджер, хихикнув. «Послушайте, нам пора вернуться к делу. Присаживайтесь». Лина села за стол, и он жестом указал Эуэллу начинать.

«Лина, вы проделали отличную работу, подготовив нас к выступлению на Си-Эн-Эн. Я как раз говорил об этом с моей знакомой, продюсером этого телеканала, о которой я вам рассказывал», — сказал Эуэлл. Лина улыбнулась, попивая кофе. Она не знала, к чему он вел, но чувствовала, что должна быть бдительной. «И я думаю, что у нас есть все шансы выступать на этой передаче регулярно, может быть, каждый понедельник».

«Это здорово», — сказала Лина. Поняв, что не очень-то это вежливо пить кофе, когда говорит начальник, она поставила кружку на стул рядом с собой.

«Конечно, для компании это большая встряска», — добавил Стринджер, — «как и для всех нас».

«Вы правы. Поэтому нам надо задействовать наши лучшие ресурсы», — пустился в разъяснения Эуэлл. Он редко использовал клише — только когда пытался заключить сделку о продаже. Лина подумала, что он, должно быть, пытается ей что-то продать.

«Что же, по моему мнению, вы готовы к презентации на телевидение и у вас отлично получится», — сказала Лина, смотря попеременно на них. «С каждым разом у него все лучше и лучше получалось», — сказала она Стринджеру.

«Нисколько в этом не сомневаюсь», — сказал Стринджер и, повернулся к Эуэллу, пытаясь подтолкнуть его переходить к сути.

«Дело в том, что я все равно не гожусь для этой роли», — сказал Эуэлл.

«Что?!» — сказала Лина с удивлением.

«Простите», — где-то позади Лина услашала мужской голос, который скорее был похож на женский. Это был кто-то из Си-Эн-Эн. На нем была темно-синяя шляпа с их красно-белым логотипом. «Мне нужно увести мисс Демур на грим. Скоро эфир».

«Что!» — сказала Лина уже с гораздо большим удивлением.

«Дайте нам еще пару минут», — ответил Стринджер.

«Хорошо. Вы сегодня не наносили макияжа», — сказал гример. Дома у нее не было времени накраситься, и она планировала припудриться потом в туалете. «Все это значительно упрощает дело».

«Две минуты», — сказал Стринджер и встал с кресла. Гример кивнул головой и вышел. Стринджер закрыл за ним дверь.

Затем он встал рядом с Линой и сказал: «Лина, я знаю, что идея тебя пугает, но я думаю, у тебя получится».

Лина взглянула на Стринджера. Её сердце стучало как бешеное.

«Мы с самого начала хотели, чтобы это была ты, но мы не хотели, чтобы у тебя был стресс во время подготовки», — объяснил Эуэлл.

«Я сказал Бобу подождать до сегодняшнего дня, когда я приеду», — сказал Стринджер. Он не хотел перекладывать ответственность на Эуэлла.

«А я согласился, что это хорошая идея», — сказал сказал Эуэлл. Он не хотел оставлять Стринджера одного в этой сложной ситуации.

«То есть вы считаете, что я должна встать перед камерой и начать говорить?» — сказала Лина, уточняя свою задачу.

«Да, именно», — сказал Стринджер голосом, напоминающим голос Джона Барримора.

«Ты меня натаскивала перед камерой», — отметил Эуэлл. «Кроме того, ты лучше всех делаешь презентации для клиентов».

«Я, правда, не знаю. Это совсем другое. Это мне льстит, но я… Я не знаю. Это большая ответственность», — пробормотала Лина.

«Если эти выступления станут регулярными, ты меня достаточно научила, и я смогу заменить тебя, если ты возьмешь выходной или будешь на больничном», — объяснил Эуэлл.

«Лина»— отбратился к ней Стринджер. Она подняла к нему голову. «Ты справишься. Ты будешь блистать. Среди сотрудников нашей компании ты лечше всех подходишь на эту роль».

Лина посмотрела на него взглядом щенка, который сделал лужу на полу, и боялся, что хозяин будет недоволен.

«Я прошу тебя сделать это для меня, но прежде всего. Для самой себя», — когда он чего-то хотел, он был очень убедительным.

Она пристально посмотрела на него. Буквально через пару секунд она опустила взгляд и сказала: «Да, сэр, я сделаю». Она тяжело вздохнула. Он улыбнулся и посмотрел на нее. Лина улыбнулась в ответ.

«Ух, замечательно!» — Стринджер выдохнул и рассмеялся.

«Это восхитительно!» — Роджер Стринджер продолжал восхищаться. «Здорово!».

Лина улыбнулась, но несколько беспокойно.

«Давайте пойдем к этому макияжному специалисту» — сказал Эуэлл.

Минуту спустя Лина уже сидела в кресле в пустом офисе, и вокруг шеи ей уже наклеили бумажку — чтоб не запачкать одежду. Лекси пришла уже, когда гример уже почти закончил.

«О Боже!» Боже!» — Лекси тараторила. «Это

правда? Это правда? Скажи мне сама!».

«Да, это правда», — сказала Лина, пытаясь не двигаться, чтобы не прерывать процесс наложения грима.

«Ууууу! Ты должно быть на седьмом небе!» — сказала Лекси чуть не визжа от радости.

«Да вовсе нет», — спокойно сказала Лина. Ей, конечно, это льстило, но восторга она не испытывала.

«Уффф…..Тогда постарайся поскорее привести себя в восторг».

«И не подумаю! Это не тот случай, от которого можно прийти в восторг», — сказала Лина, протестуя. «Стринджер меня попросил, вот я и делаю. Если я хочу сделать это хорошо, мне нужно собраться и работать профессионально».

Гример на это ответил: «Хмм.. Это почти правда».

«Что? Почему почти? — Спросила Лина, обернувшись к нему. Они не успели принести зеркало.

«Послушай, милая. Ты красива как солнце, и глаза просто восхитительные — а в свете прожекторов они будут так выразительно блестеть», — заметил он, нанося еще мазки сухой кистью для пудры.

«Точно. И я ей много раз об этом говорила!» — сказала Лекси, подпрыгивая.

Лина закатила глаза и покачала головой.

«Сиди смирно», — сказал гример, поворачивая ее голову. Он закончил с лицом и уже приступил к прическе. «И должно быть ты знаешь о чем ты говорить, а то тебя бы не пригласили на интервью».

«Точно! Она лучшая!» — с гордостью сказала Лекси, соглашаясь.

«Но это не простое интервью на работу устраиваться, это телевидение, и тут надо немного шарма. Не дрейфь, подруга».

«Ой, Лина, слушай его!» — сказала Лекси. Она посмотрела на него и сказала, — «я всегда принмаю слова визажистов и косметологов близко к сердцу».

Он на минутку задумался, как расценивать то, что его назвали визажистом-косметологом. Пожал плечами и подумал, что это нормально.

«В любом случае, когда будешь смотреть в камеру, представь, что сидишь со своим женихом. И тогда начнешь улыбаться и аудитория это заметит».

«Ой» — вскрикнула Лекси. «Где твой телефон? Я позвоню Клайву и скажу ему, чтоб он включил телевизор».

«Не надо!» — твердо сказала Лина. Она взглянула на визажиста и сказала: «Чего я точно не хочу, так это чтобы мой жених смотрел».

«О боже!» — Лекси сказала. «Ты назвала его своим женихом. Это уже -ого-ого!»

«Перестань!» — сказал Лина. Это уже было много. Они знакомы то были несколько дней, а она его назвала женихом. Причем не просто так, а именно мой жених. Тем не менее, она предпочла об этом не думать.

«Это нормально», — сказал визажист, не понимая, в чем важность. «Но представь, что ты говоришь с ним, а не с журналистами».

«Теперь, когда я думаю об этом», — сказала Лекси,— «в этом случае она наоборот может говорить глупости».Она вспомнила, как вела себя, когда познакомилась с Клайвом в ту пятницу, и как это было на нее не похоже.

«Ну и ладно. Тогда представь, что ты говоришь не с ним, а о нем. Может, это поможет. Но при этом надо говорить об экономике, или о чем там сейчас будет ваша передача».

«Готовы?» — спросила девушка из Си-Эн-Эн, которая и была знакомой Эуэлла. Гример ответил, что Лина практически готова. Они вместе направились в переговорную. Гример захватил свой набор, чтобы сделать последние штрихи, когда включат освещение.

«Удачи, Лина!» — крикнула ей вслед Лекси. Затем она направилась по коридору, чтобы взять Лини телефон и позвонить Клайву.

Они пришли в переговорную, там уже стояла ширма с бело-красным логотипом Си-Эн-Эн. Лину посадили в одно из двух кресел. Всего в комнате было только три человека — не считая Лины. Стринджер попросил всех пройти в смежную с переговорной комнату смотреть эфир. Он не хотел, чтобы её смущали. Из переговорной она могла только лишь видеть Уэнди за стойкой. Уэнди улыбнулась и помахала ей. Лина чуть махнула ей в ответ, и переключилась на съемку.

Затем продюсер надела Лине петличку. Она указала Лине на монитор позади камеры, где она будет видеть ведущего. Ведущей будет Нина Энаф Сантос, которая недавно вышла из декретного отпуска. Лине очень нравилась эта ведущая. Также продюсер напомнила ей, что надо смотреть в камеру, а не в монитор и не на присутствующих в комнате. Лина кивнула и сказала, что готова.

Оператор включил студийный свет. Гример подправил Лине макияж, при этом не загораживая видимость камеры. Он слегка отклонился, чтобы посмотреть на Лину издалека, затем взглянул на продюсера и та кивнула ему. Лина взглянула на себя в объективе камеры и пару секунда смотрела на свое отражение в ней. Когда же отвела взгляд, оператор сказал: «Красиво».

«Что красиво?» — спросила Лина, пока визажист наносил последние штрихи.

Продюсер сказала Лине: «Вы справитесь».

Оператор сказал: «Вы красиво смотритесь. Глаза красивые». Гример поднял брови и улыбнулся Лине. Она тоже улыбнулась в ответ. Он снял с её шеи бумажку и слегка подправил ей волосы.

Лина улыбнулась и подумала о Клайве. Она уже пожалела, что не дала Лекси телефон, чтобы та позвонила Клайву. Еще подумала о маме, и захотела, чтобы и мама тоже увидела её по телевизору. Затем вспомнила, что это международное вещание Си-Эн-Эн, и мама в Штатах никак не могла это увидеть.

«Итак, Лина», — сказал продюсер, прервав её

мысли, — «эфир начнется через тридцать секунд. Ты готова?»

«Да, готова» — сказала она спокойно.

«И что ты чувствуешь?» — спросила продюсер ободряюще.

Лина взглянула на гримера и сказала с улыбкой: «Я чувствую радость».

Оперетор начала обратный отсчет с десяти, последние три цифры он считал на пальцах. В мониторе она увидела Энаф Сантос, в камере включился красный цвет, и Лина услышала, как ведущая обратилась к ней. Лина широко улыбнулась. Она и правда была рада выступить на телеsидении.

Глава тринадцатая

Лина стала звездой. Все случилось, как все и предполагали: она говорила уверенно, ясно, словно разговаривала с каждым в отдельности. Проявилось её скрытое очарование. Зрителям она понравилась. Во всех социальных сетях количество запросов в друзья стало зашкаливать, а количество подписчиков в Твитер перевалило за тысячи. Она и представить себе не могла, что когда-нибудь станет так популярна не то, что за всю свою жизнь, а за одно утро.

Пока камера была включена, Лина чувствовала себя на подъеме и говорила живо, но как только интервью закончилось, она была словно опустошена. Съемочная группа похвалила её, но это, казалось, еще больше смутило её. Ей просто хотелось побыть одной и обдумать, что с ней произошло. Продюсер заметила, в каком Лина была состоянии, подошла к ней, взяла за руку, а другой погладила по плечу. Снова сказала, что она была молодец, и что это вполне естественно испытывать стресс в первый раз съемок на телевидении. Лина поблагодарила её в ответ, и пару раз тяжело вздохнула. Съемочная группа упаковывала оборудование.

Затем вбежал Стринджер и крепко обнял Лину, хотя раньше никогда этого не делал. «Я горжусь тобой», — сказал он. Её это совсем смутило — телевизионщики еще не ушли. Минуту спустя пришел Эуэлл и тоже её поздравил. Она, как-то совсем уж скромно, поблагодарила их. Затем Стринджер провел её в смежную с переговорной комнату, где остальные тоже поздравили её с первым эфиром. Теперь она чувствовала себя более спокойной и довольной собой. Это удивило её — что от слов сослуживцев может быть так хорошо на душе.

Интервью с Линой повторялось в эфире несколько раз в тот день. Ближе к вечеру продюсер позвонила Эуэлу и сообщила, что главный хочет, чтобы интервью с Линой были каждый понедельник утром. Нина Энаф Сантос отметила, что Лина очень грамотный специалист, и что её ответы всегда были взвешены и логичны, и что ей Лина понравилась.

Несколько часов спустя позвонила мама. Интервью показали и по американскому каналу Си-Эн-Эн, а мама со своим мужем как раз смотрели телевизор за завтраком. «Ух-ты, Лина, ты была просто великолепна! Сейчас всем друзьям сообщу». Мамин муж тоже взял трубку и сказал: «Лина, я тобой горжусь». Его голос немного дрожал, и он поспешил передать трубку Лининой маме. Лина все же была тронута.

И Клайв тоже увидел её в эфире. Он позвонил ей через час после эфира. Когда Лекси позвонила ему сказать, что бы он смотрел Лину, он был на работе, а там телевизора не было. Он побежал к начальнику сказать, что ему срочно нужно отлучиться домой по неотложному делу. Не дождавшись, пока начальник разрешит, он поспешил домой и успел включить как раз в тот момент, когда Лине задали первый вопрос. По его мнению, она была великолепна и он пригласил её отпраздновать её успех за ланчем.

Она согласилась, но при условии, что Лекси тоже к ним присоединиться. «В этот день я хочу, чтобы со мной были два близких мне человека: ты и подруга». Она сама не поверила, что сказала это — подруга.

«Отлично! Скоро увидимся». Затем он все же решил появится на работе, чтобы совсем уж не злить начальника.

🐦

В ресторан, куда их пригласил Клайв, Лина с Лекси пришли рано. Лекси хотела также пригласить и Леслава, и Лина согласилась с ноткой протеста в голосе и даже всячески показывая, что ей совсем не хочется видеть Леслава, но Лекси никак не могла до него дозвониться. Телефон был вне зоны доступа, или просто разрядился —так думала Лекси. Она была так рада за Лину, что решила, что должно быть какое-нибудь простое объяснение тому, что он не звонил ей с субботы.

Они заказали игристое вино — Лекси заставила её заказать подороже. Лина согласилась на бутылку Болингера, которое не стоило, как Шампань, на котором сначала настаивала Лекси. Стринджер сказал им хорошо отпраздновать и открыть пару бутылок, списав это на представительские расходы. Он бы одобрил любые траты, но Лина не хотела злоупотреблять его щедростью.

Поначалу Стринджер думал к ним присоединиться, но затем посчитал, что будет лучше, если девушки пойдут своей компанией, и в ответ на приглашение Лины, он ответил: «Нет, давай лучше завтра позавтракаем вместе до того, как я направлюсь в аэропорт». На следующий день он собирался направиться в Берлин. «Вы своей молодежной компанией отпразднуйте как следует».

После первого бокала шампанского, Лекси сказала: «Итак, Лина».

«Да, Лекси?»— с некоторой настороженностью ответила Лина. Когда Лекси начинала разговор таким образом, ей обычно не нравилось, что последует после.

«Сбылось третье предсказание», — заявила Лекси.

«С чего это?» — спросила Лина. Она совсем забыла о предсказании этой старухи в Филадельфии.

«Оракул! Она сказала, что придет день, когда тебя увидит мир, а ты не сможешь спрятаться. И тебя, истинную тебя, увидят больше людей, чем ты знаешь», — повторила Лекси с некоторой торжественностью.

Лина слегка покачала головой, улыбнулась и ничего не сказала.

«Лина, сегодня это случилось», — твердо сказала Лекси. «Признай это».

«Ну да, но это не значит, что старуха была права», — сказала Лина, то ли соглашаясь, то ли споря. «Это просто совпадение».

«Ухх... Почему ты не можешь признать, что она

была права?» — спросила Лекси.

«Да просто потому, что ты берешь некоторые случаи из моей жизни, переиначиваешь их и называешь предсказаниями», — не сдавалась Лина.

«Лина. Она сказала, что ты поедешь в Берлин. Это очень конкретно», — сказала Лекси, загнув один палец для счета.

«Я думаю, она имела ввиду город Берлин, а не улицу в Лондоне, которая раньше называлась Берлин», — парировала Лина.

«Неа. Она сказала, что ты уедешь из города, то есть Филадельфии, и это случилось. Но она не говорила город Берлин, она просто сказала Берлин».

«Пусть так», — сказала Лина, приступая ко второму бокалу шампанского. Она подумала, что когда придет Клайв, им наверно придется заказать вторую бутылку шампанского.

Лекси все еще не разгибала палец и сказала: «Итак? Признаем, что первое предсказание сбылось?»

«Хорошо, если только мы покончим со вторым бокалом до того, как придет Клайв». «Я не хочу, чтобы он знал об этом».

«Во-вторых, ты встретишь парня с красивой улыбкой по имени Ганс», — сказала Лекси, загнув второй палец.

«Да, но она сказала, что я не смогу устоять перед его улыбкой.Это не сбылось».

«Но все равно. Почти сбылось», — сказала Лекси.

«Ты же встретилась с ним».

«Нет, не почти», — сказала Лина протестуя. «Я смогла устоять перед его улыбкой».

«Она сказала, что он будет любить тебя, если ты ему позволишь», — сказала Лекси. «Ты не дала ему шанса».

«Он не любил меня, я ему с первого раза не понравилась», — объяснила Лина. «Поэтому, я дала ему отставку».

«Уф... Какая же ты упрямая», — сказала Лекси и глотнула из бокала

«Если кто-то и подходит под описание той гадалки, так это Клайв». Она мечтательно улыбнулась, вспоминая его улыбку и как быстро она в него влюбилась. Глядя на её, мечтательную, Лекси тоже улыбнулась. Лина это заметила, слегка зарделась и сказала: «Но ведь его не Хансом зовут».

«А какое у него второе имя?» — с любопытством спросила Лекси.

«Энсли», — сказала Лина и сделала еще один глоток.

«Энсли?» — спросила Лекси с недоумением.

«Ну да», — сказала Лина. Лекси как-то странно на нее посмотрела. «Он англичанин. Что такого?»

«Ну возможно, предсказания сбываются не по порядку, и ты еще встретишь другого Ганса», — сказала Лекси, теперь уже не с такой уверенностью отстаивая выполнение предсказаний.

«Я так не думаю», — сказала Лина. Ей так нравился Клайв, что ни о ком другом она и думать не могла.

«И все же сегодня сбылось третье предсказание», — сказала Лекси, показывая три загнутых пальца. «Ты ж не можешь этого отрицать».

«Хорошо. Я соглашусь с тем, что сбылось первое и третье», — сказала Лина. Шампанское и в целом эйфория от утреннего выступления делали её более благосклонной. Да и Клайв должен был появиться с минуты на минуту. К тому же, какая-то частичка внутри её уже начинала верить, что это судьба. До сегодняшнего дня третье предсказание пугало её. Возможно, именно поэтому она отказывалась признавать все четыре предсказания.Но, поскольку третье предсказание оказалось не таким пугающим, то было легко признать, что жизнь готовит для нее только хорошее.

Вслух же она только сказала «Но пока не сбудется второе предсказание, я не могу быть уверена до конца». В глубине души она так не думала.

«Очень хорошо. Думаю, на сегодня достаточно», — сказала Лекси. «Нам лишь надо дождаться, когда в твоей жизни появиться Ганс».

Как раз в этот момент и появился Клайв. Лина широко улыбнулась ему и помахала рукой. «Давай только при нем не будем об этом, ладно?»

«Хорошо-хорошо», — сказала Лекси, соглашаясь, — «не беспокойся».

Клайв прошел к столику и поцеловал Лину в губы. По-теплому вежливо поприветствовал Лекси. Затем поздравил Лину и сел за стол. Бокал для него уже был приготовлен, и они налили ему шампанского, опустошив бутылку.

Он поднял свой бокал, Лекси подняла свой, и сказал: «За Лину, удивительную и прекрасную женщину, которая удивила сегодня всех, прежде всего себя, но не меня, и….». Он остановился и посмотрел на Лекси с молчаливой просьбой закончить тост.

Лекси поняла намек и сказала: «И не меня!»

Они засмеялись, стукнулись бокалами и выпили. Лина жестом показала официантке принести еще одну бутылку.

Клайв посмотрел в ту сторону, куда махала Лина, и увидел знакомого. «О боже», — сказал он. «Прошу меня извинить. Там мой дядя. Я скоро вернусь».

Клайв прошел через зал и поздоровался с пожилым мужчиной в строгом костюме, которы обедал с двумя другими. Подойдя к нему и сказав что-то, он жестом указал на девушек. Те, в свою очередь, помахали ему в ответ. Дядя улыбнулся и кивнул — очевидно, в его привычки не входило махать юным девушкам через ресторан. Клайв смотрел в сторону Лины более пристально, по всей видимости рассказывая дяде о ней. Дядя улыбнулся и снова посмотрел на Лину. Затем он представил Клайва своим спутникам за столом.

«Итак, Лекси», — сказала Лина, понимая, что

Клайва не будет какое-то время.

«Да, Лина?» — сказала Лекси в ответ, не глядя на нее.

«Четвертое предсказание, про друга», — сказала Лина. От шампанского она стала беззаботной.

«Говорю же тебе, это я», — сказала Лекси. Официантка принесла вторую бутылку Боллингера, поместила её в ведро со льдом , а пустую убрала .

«Да», — сказала Лина, — «я признаю это». Эйфория, в которой она прибывала весь этот день, делала её великодушной.

«Какая ты милая сегодня», — сказала Лекси и встала со стула.

«Ой-ой, подруга», — сказала Лина, вытягивая руки, — «давай без обниманий, пожалуйста».

Лекси скривила рожицу, показывая разочарование, и села обратно на стул.

«Спасибо. Как я уже говорила». — продолжила Лина, — «мне кажется, что это предсказание сбудется до срока».

«Как это?» — спросила Лекси.

«А так — я либо найду еще одного друга, и да поможет мне бог, ибо двух таких, как ты я не вынесу, либо я сделаю что-то необычное».

«Ну что ты выдумываешь вечно!» — сказала Лекси, протестуя. «Первое и третье предсказания точно сбылись, а второе и четвертое менее явно, но тоже сбылись. Все почти случилось».

«Неа. Не почти. До тех пор, пока какой-нибудь Ганс не вскружит мне голову, я отказываюсь признать второе предсказание сбывшимся, и до тех пор, пока ты не сделаешь что-то из ряда вон выходящее, то и номер четыре тоже не считается».

Лекси отпила немного из бокала и помахала рукой, показывая, что не согласна.

«Лина, Лекси, хочу представить вас моему дяде Бертрану», — Клайв появился неожиданно. Заболтавшись, девушки не видели, как те подошли.

Лина встала, чтобы поздороваться. Лекси не встала, но отодвинула бокал.

«Пожалуйста, не надо вставать», — сказал дядя. Лина все же не села. «Приятно познакомиться, Лина». Он слегка пожал ей руку, но не сжимая. Потом протянул руку Лекси.

Они поговорили не больше минуты. Он поздравил её с выступлением на Си-Эн-Эн и пожелал ей дальнейших успехов. В конце он сказал, что еще увидится с ней, одобряя тем самым выбор Клайва. Она поблагодарила его. Они распрощались. Все это было так по-светски.

Когда дядя ушел, Клайв вернулся на свое место рядом с Линой. «Простите, что соскочил, но это мой любимый дядя. Других у меня правда нет, но мы всегда были близки».

Тут его дядя снова подошел к ним. «Простите, забыл сказать тебе позвонить Густаву. Он что-то с тобой обсудить хотел».

«Да, конечно», — сказал Клайв. Услышав имя Густав, Лина с Лекси переглянулись.

«Не забудь только» — сказал дядя. «Хорошего дня, девушки. Увидимся, Ганс».

Когда Клайв повернулся, то увидел, что девушки явно чем-то сильно удивлены.

«Что?» — спросил Клайв. «Что-то случилось?». Он не понимал, чем это девушки могли быть так удивлены.

«Ганс?» — спросила Лина, стараясь говорить спокойно. Лекси закрыла рукой губы, пытаясь сдержать смех.

«Ах, это», — усмехеулся он. «Когда я был ребенком,мне нравились Звездные войны. Я одевался как Хан Соло — забава у меня такая была. Сейчас смешно даже вспоминать. Вы же знаете этого персонажа?»

Лина взглянула на Лекси, которая старалась сдержаться, оставляя Лине инициативу.

«Да, но ведь персонажа звали Хан, а не Ганс», — сказала Лина Клайву.

«Мой дядя не знал разницы. Он так и не посмотрел это кино, поэтому называл меня Ганс. Поэтому это так и осталось моим детским прозвищем. Сейчас только он меня так называет. А почему вы спросили?».

Девушки посмотрели на него пристально. Лина сказала: «Можно мы отойдем на минутку? Нам с

Лекси надо переговорить».

«Хм, да. Может, лучше мне отойти?» — спросил он с несколько смущенным видом.

«Нет, оставайся на месте. Мы быстренько о своем пошепчемся», — сказала она. Затем добавила: «Вообще о другом». Она замнулась на секунду и закончила: «__возможно».

«Хорошо. Я посижу здесь и буду пить шампанского, ладно?» — задал он риторический вопрос.

Лина повернулась к Лекси, посмотрела на нее пристально и скзала: «Давай, только быстрее». Лекси поняла, что надо говорить кратко и не напрямую.

«Ганс», — скзала Лекси, подняв бровь, и едва сдерживая себя, чтобы не расхохотаться.

«На самом деле, он Хан, а не Ганс», — рассудила Лина. Клайв с любопытством посмотрел на Лину. Они казалось, говорили не совсем о другом, но он не мог понять о чем.

«Она сказала "зовут Ганс". Ты только что слышала, что его зовут Ганс». Лекси указала подняла указательный палец вверх. «И его улыбка…».

«Перестань!» — прервала её Лина, с некоторым смущением улыбнувшись Клайву, который все еще проявлял терпение, смотря на них заинтрегованно. «Извини. Еще минутку».

«Все нормально. Не спешите», — сказал он с усмешкой.

«Значит», — повторила Лекси, — «Ганс?»

«Согласна», — неохотно сказала Лина.

«Спасибо», — ответила Лекси удовлетворенным тоном. «Итак. По списку. Первое: Берлин». Она загнула первый палец и ждала, когда Лина даст знак согласия.

Лина глубоко вздохнула и выдохнула: «Да».

Лекси продолжала: «Второе: Ганс».

Лина посмотрела на Клайва. Он улыбнулся своей широкой улыбкой, приобнажив зубы. Она тоже улыбнулась и сказал: «Несомненно».

«Да!» — выпалила Лекси. Затем она подняла третий палец и сказала: «Три: Си-Эн-Эн».

Лина посмотрела на нее и не могла найти доводы против этого предсказания, а потому, кивнув головой, сказала: «Да».

Лекси затем показала на себя, загнула четвертый палец и сказала: «Четыре».

«Возможно», — ответила Лина.

«Знаешь, если бы я не была в прекрасном настроении, я бы могла обидеться», — сказала Лекси.

«Прости. Может, четвертое и правда сбылось. Но пока мы не будем считать его фактом».

Лекси покачал головой и сказала: «Итак, все четыре?».

«Да, твоя взяла», — сказал Лина. Лекси широко

улыбнулась. «Мы больше к этому не возвращаемся?»

«Но ты же ждешь большего от пункта четыре», — сказала Лекси, отпив из бокала.

«Да, жду». Лина посмотрала на Клайва и улыбнулась. «Извини. Мы закончили».

«Все нормально», — сказал Клайв. «Может, расскажете, о чем это вы?»

«Нет, не расскажем» — ласково сказала Лина, затем поцеловала его и взяла за руку. Лекси рассмеялась.

«Ну ладно. Тогда может закажем еду?»

«Да, давайте закажем».

И они заказали обед.

Глава четырнадцатая

Во вторник утром, только придя на работу, Лекси три раза набирала номер телефона Леслава, поскольку от него до сих пор не было известий. В последний раз она его видела тогда, когда он принес ей одеяло. За эти три дня она множество раз писала ему сообщения, но ответа, естественно, не получала. Да и телефон показывал, что сообщения не дошли на его телефон, что еще

Лекси стали одолевать беспокойства. В обеденный перерыв она направилась в универмаг Джон Луис, чтобы посмотреть, пришел ли Леслав на работу. Она понимала, что это может ранить её, что её чувства могут быть задеты, но она должна была узнать, в чем проблема.

Зайдя в отдел фототоваров, где работал Леслав, она увидела нескольких покупателей. За прилавком был только один продавец. Лекси держалась в стороне, желая осмотреться. Она несколько раз посматривала в сторону боковой двери, которая, по всей вероятности, вела в склад закупок. Из этой двери никто не выходил. Только теперь она начала понимать, что её бросили, при этом даже не проявили любезности сообщить ей. Но в глубине души еще была надежда. Она посмотрела в телефон проверить, дошли ли до него сообщения, или получила ли она ответ хоть на одно из них. Набрала его номер и надеялась услышать звонок его телефона в боковой двери. Вместо этого последовал ответ, что телефон абонента выключен, или находиться вне зоны действия сети. Ни один из вариантов её не устраивал.

Все еще держа телефон у уха, что говорят в телефоне — вдруг этот автоматически записанный голос объяснит все более подробно, она услышала, как к ней обратился один из продавцов: «Могу я вам помочь, мисс?».

Лексти отключила телефон и опустила руку, но все еще не выпускала телефон из рук — вдруг да позвонит. «Да, я знакомая», — она замялась, было как-то непривычно называть себя всего лишь знакомой, но все же продолжила: «Простите. Я знакомая Леслава. Я вовсе не хотела отвлекать его от работы, но...».

Продавец прерывл её: «Он больше здесь не работает».

«Что?!» У Лекси опустилось сердце. Плохая новость.

«Да. Разве он вам не сказал?»

«Нет, мне он ничего не говорил», — сказала она, стараясь скрыть панику в голосе.

«Да, как-то странно он уволился», — молодой человек начал объяснять, слегка понизив голос. «Как раз была моя смена в субботу, когда он уволился. Сказал, что собирается открыть небольшой бизнес, что-то связанное с программированием, продвижением товаров в сети».

«И ушел?» — Лекси чувствовала, как у нее кружится голова. Она пыталась понять, как относиться к тому, что она узнала.

«Ну он еще прикупил пару ноутбуков Макинтош, несколько планшетов, очень хорошую камеру Никон и объективы к ней», — перечислил продавец. «Он сказал, что собирается нанять несколько людей, и ему нужно оборудование для раскрутки. Воспользовался своей скидкой сотрудника, и только потом уволился. У нас приличная скидка».

Неожиданно, Лекси пришла в голову еще более печальная мысль. Она спросила: «А вы случайно не знаете, как он заплатил за это? Случайно не картой Американ Экспресс?». Этот вопрос привел продавца в замешательство — с чего бы ей интересоваться, какой картой он заплатил. «Мне просто не понятно, откуда у него деньги. Я его хорошо знаю», — тут она снова замялась, — «и уверена, что он не мог себе этого позволить».

«А. Даже не знаю. Его девушка провела транзакцию», — объяснил он.

На глаза накатились слезы. «Его девушка?»

«Да. Памела», — сказал он, приходя в еще большее замешательство. «Вы её не знаете? Она работает в этом же отделе. То есть раньше работала. В субботу тоже уволилась».

«Неужели?» — Лекси с трудом могла сдерживать

дрожь в голосе.

«Да. Дурацкая выдалась суббота. Все утро один на весь отдел. Еле справлялся, знаете ли».

Лекси узнала достаточно. Она была опустошена. Ей было сложно сдерживаться. Она сказала: «Аа..Хм. Спасибо». Её голос дрожал, и она предпочитала не говорить ни о чем.

«Мисс, вам нехорошо?» — спросил продавец, теперь замечая, что она вот-вот расплачеться.

Лекси заставила себя улыбнуться, и сказала так, как сказала бы Лина в этой же ситуации и таким же тоном. «Я в порядке. Спасибо». Затем повернулась и ушла.

Она ехала по эскалатору, и из глаз лились слезы. Эти эскалаторы и проходы, которые раньше казались элегантными, теперь были невыносимыми. Казалось, прошла вечность прежде, чем Лекси вышла из здания. Ей очень хотелось просто перепрыгнуть через перила сразу на первый этаж и выбежать с криком. Вместо этого ей пришлось терпеливо стоять на эскалаторе, её задевали те, кто шел справа, а она все стояла.

Когда же все-таки она вышла, то не могла терепеть этой удошливой толпы людей. Ей хотелось растолкать всех, но не посмела. Некоторые толкали её и даже не извинялись. Её как будто не было, а то, что она чувствует даже не важно. «Возможно, и правда не важно, что я чувствую», — подумала она. Она ненавидела Оксфорд Серкл. Если она еще хоть на мгновение останется здесь, она возненавидит Лондон.

Она пыталась пройти к метро, но не могла. Ей нужно было куда-то сесть. У входа в какой-то магазин одежды она увидела дерево в горшке. Направилась прямо к нему, и резко села на край горшка, хотя он был гораздо ниже высоты стула.

И тут она заплакала, закрыв лицо руками. Плакала так, как, возможно, никогда раньше не плакала. Всхлипывала, как будто задыхалась, глотала ртом воздух. Для нее любовь была равна жизни. Чтобы выжить, ей была необходима любовь. Раньше она получала любвь в избытке от своего отца, но теперь он был далеко от нее. Она получала любовь от Лины, но в таких малых дозах, от которых только болела голова. Когда она влюбилась в Леслава, она чувствовала себя как в тихом лесу, где она могла надышаться всласть. Теперь же источник кислорода перекрыли, и она не могла дышать.

Она опустила голову, не желая никого видеть и надеясь, что и ее никто не заметит. Она пыталась ровно дышать, но не могла, поскольку все еще плакала, хотя уже и не так сильно. Её мозг как будто пульсировал. Она бормотала: «Что же мне делать? Как же мне быть?». Ответа не было. Ей было так стыдно, что она доверилась Леславу, что не могла об этом сказать ни своему папе, ни Лине, ни кому-то еще. Никогда еще в жизни она не чувствовала себя настолько покинутой и одинокой.

Маленькая красивая девочка подошла к ней. Их глаза были на одном уровне. Она посмотрела на нее как-то грустно. Девочке было лет шесть. Лекси в отчаянии смотрела на эту девочку, надеясь, что та даст ей ответ или скажет, что все это не правда. Но это не было во власти ребенка. Она лишь сказала: «Не плачь. Все наладится».

Лекси улыбнулась. Ее лицо было красным от слез. Ей захотелось обнять эту девочку, но она лишь сказала: «Спасибо, милая».

Девочка улыбнулась и побежала к маме, которая уже звала её, и девочка больше ничего не сказала. Все же она слегка успокоила Лекси. Она поняла, что справиться — со временем.

Открыв сумку, она стала искать салфетки, но в сумке их не оказалось. На асфальте она увидела бумажную салфетку — пыльную, но не использованную. Она подняла её, развернула и чистой стороной протерла лицо, промокнула глаза и щеки, высморкалась. Поднялась, пошла по тротуару и выбросила салфетку в урну. Она уже была около метро, глубоко вздохнула и выдохнула. Зашла в метро — ей надо было вернуться на работу.

В офисе Лекси села за свой стол, включила компьютер и уставилась на экран, делая вид, что у нее много работы. Коллеги, проходя мимо, здоровались с ней. Обычно она улыбалась им в ответ, но сейчас она не смотрела на них или не отвечала на приветствия. Многие думали, что она занята, и не обращали на нее внимания. Она надела наушники — она так иногда делала, когда разговаривала по скайпу. Поэтому, когда кто-то подходил к ней, она показывала на наушник, будто она с кем-то на телефоне и её не надо беспокоить. Она могла бы закрыть дверь, но это было бы совсем подозрительно, особенно для Лины, поскольку она никогда этого не делала.

Она не хотела обсуждать с Линой этот инциндент с Леславом — ведь Лина её предупреждала. Да и настроения выслушивать её нравоучения Лекси совсем не хотелось. Она никого не хотела видеть и ей никто не был нужен. «Мне никто не нужен», — пробормотала она себе под нос, бесцельно нажимая на кнопки клавиатуры и просматривая страницы в Интернете, кликая ссылку за ссылкой. Ей пришла мысль сообщить о краже карты, но сейчас она чувствовала себя как будто немой, и никак не могла заставить себя позвонить.

Лина в тот момент была на встрече с Эуэллом и несколькими клиентами из Бельгии. Они ушли еще утром, и еще не вернулись. Эуэлл пригласил их на ланч. Лину на эти ланчи он приглашал лишь иногда, поскольку она считала их не серъезными. Но Лина сейчас была на пике популярности, и клиенты попросили её прийти — к великой радости Эуэлла. Самой ей хотелось пойти на обед с Лекси, но ей не удалось найти причину, чтобы не идти на обед с Эуэллом и клиентами. Казалось, теперь это стало частью её работы и жизни — общаться с людьми, особенно с клиентами, которые следили за её выступлениями на Си-Эн-Эн.

Часа в два, когда клиенты ушли, Лина вернулась в офис и направилась прямиком к Лекси. Увидев её, Лекси показала на наушники. Лина кивнула, и села на стул перед столом. Лекси закатила глаза и нахмурилась. Лина улыбнулась и отклонилась на стуле, показывая, что будет ждать, пока Лекси закончит. Лекси помахала рукой, показывая, что потом поговорит. Лина пожала плечами и никуда не пошла. Лекси закрыла микрофон от наушников и тихо сказала: «Это надолго. Потом».

Лина также вполголоса ответила: «Хорошо. Я подожду. Не спеши».

Лекси грустно вхдохнула, опустила руку и сказала воображаемому собеседки по Скайпу: «Да, слушаю. Извините. Тут пришли и мешают». При этом она пристально посмотрела на Лину. Лина с беспокойством посмотрела на Лекси в ответ. Лекси повернулась на стуле, отворачиваясь от Лины, и сказала: «Нет-нет, все в порядке, продолжайте».

Лине показалось странным, как Лекси себя вела, как-то совсем недружелюбно. Она слышала, как Лекси говорила «Угу», «Да» несколько раз. Раньше Лекси никогда не была такой неразговорчивой в переговорах с клиентами. Лина встала, обошла стол Лекси и наклонилась взглнуть в экран. Скайп был выключен. Лина сердито вздохнула. Лекси вздрогнула и резко повернулась.

«Что происходит?» — сказала Лина несколько сердито, теперь уже стоя рядом с Лекси.

«Ничего!» — прикрикнула Лекси. Соскочив со стула, она сняла наушники и бросила их на стол. «Я занята. Оставь меня в покое!»

«Лекси!» — сказала Лина нравоучительным тоном школьной учительницы. «Что с тобой?» — сказала она уже более спокойным голосом.

«Сказала же — ничего!». Лекси схватила сумку со стола, собираясь выйти из оофиса. Сумка была открыта, и из нее выпали вещи. Лекси чертыхнулась. Она никогда не чертыхалась. Теперь Лина была точно уверена — что-то произошло.

Лекси стала собирать, что упало на пол и класть обратно в сумку. Лина подошла ближе к ней, пристально посмотрела на нее и скзала: «Если что-то не так, мне ты можешь сказать. Я твой друг».

«Ха!» — выпалила Лекси. «Ты? Друг? С каких это пор? Это я всегда была тебе другсм, единственным другом, а ты никогда не была другом ни мне, ни кому-то еще».

Лина оторопела. Ей было обидно. Она правда много раз говорила себе, что у нее нет друзей, но когда Лекси вот так вот высказала ей, это было гораздо сильнее, чем самоубеждение.

«Друг!» — цинично сказала Лекси, наигранно усмехнувшись. «Нет у тебя друзей».

Лина отпрянула назад. Она почувствовала резкую боль в сердце. До этого она чувствовала такую боль лишь раз, когда ей сказали, что она потеряла ребенка. Она была беззащитна и не могла согротивляться. Она лишь могла чувствовать боль.

В этот момент Уэнди просунула голову в кабинет Лекси и сказала: «Прости, Лекси. Мисс Гамильтон из отдела кадров пытается с тобой связаться, но телефон, кажется, не работает». Лина посмотрела на стационарный телефон у Лекси на столе и увидела, что провод выдернут и лежит на полу.

«Да, он не работает», — выпалила Лекси.

«Она просила сразу же позвонить», — сказала Уэнди. «Говорит, что это очень срочно. Какие-то большие траты по корпоративной карте».

«Ладно, позвоню. Спасибо», — уклончиво сказала Лекси.

Уэнди настаивала: «Так ты сейчас ей перезвонишь?»

«Нет, потом. Я сейчас занята. Должна уйти по делам», — сказала Лекси.

«Но она сказала, чтобы прямо сейчас. Я должна проследить, чтобы ты при мне набрала её номер», — сказала Уэнди, делая намышленно забавную гримасу.

«Я не могу. Телефон сломан, а мне надо отлучиться», — сказала Лекси сердито.

«Тогда давай мы наберем её с моего места и ты ей скажешь, что перезвонишь позже», — предложила Уинди. «Она очень настаивала. Я не хочу, чтобы у тебя были проблемы», — закончила она с улыбкой.

Лекси захлопнула сумку и сказала: «Я не могу. Перезвоню потом», и, слегка оттолкнув Уинди, она ринулась к выходу. Уинди посмотрела ей вслед. Лекси не стала ждать лифт, а побежала по лестнице. Уэнди посмотрела на Лину. Она была просто огорошена.

Спокойным голосом Лина сказала: «Я позвоню мисс Гамильтон. Не беспокойся. Уладим».

«Ох, спасибо!» — сказал Уэнди. Она была рада, что кто-то снял с нее эту задачу. Уэнди встречалась с мисс Гамильтон два раза: когда та принимала её на работу и пару месяцев назад. Этих двух встреч было достаточно, чтоб она её боялась. Она боялась говорить с мисс Гамильтон по телефону, она боялась сказать ей что-то такое, что та не захочет слышать.

Телефон на ресепшн зазвонил, и Уэнди пошла отвечать. Лина нагнулась, взяла конец телефонного провода и воткнула его к аппарату. Телефон сразу же зазвонил. Лину это даже не удивило. Она подозревала, что телефон зазвонит. Она взяла трубку и сказала: «Офис Лекси Найвински».

Голос на другом конце провода сказал: «Лина?». В первый раз мисс Гамильтон назвала её по имени.

«Да, мисс Гамильтон».

«А что вы делаете в офисе Лекси?» — спросила она. Неполадки с телефоном лишь на момент её отвлекли.

«Уэнди сказала мне, что у Лекси не работает телефон», — объяснила Лина, — «поэтому я зашла посмотреть, что не так».

«И теперь телефон работает?» — продолжала мисс Гамильтон бескомпромиссным тоном.

«Да, мэм», — сказала Лина, но не стала объяснять, что было не так.

«Что ж, прекрасно. А где Лекси Найвински? Мне срочно надо с ней поговорить», — сказала мисс

Гамильтон озадаченно.

«Её нет на месте. Ей пришлось отлучиться по делам», — сказала Лина. Мисс Гамильтон не знала, что сказать, ведь Уэнди раньше говорила, что Лекси у себя. Предвосхитив вопрос, Лина ответила: «У нас сейчас важный клиент из Брюсселя. Мы их развлекаем как можем. Я и Эуэлл обедали с ними». Лина уже поняла, что Лекси во что-то вляпалась, и она старалась прикрыть её и попытаться смягчить гнев мисс Гамильтон. К тому же, раз Лекси ей ничего не сказала, Лина надеялась, что мисс Гамильтон скажет ей, в чем проблема.

«Понятно. Послушайте. Мне нужно подтвердить большую сумму затрат по корпоративной карте. Мне срочно надо с ней поговорить. Я только что набирала её сотовый, и все равно она не берет. Вы можете позвать её к телефону?» — спросила мисс Гамильтон.

«Хорошо, я попытаюсь. Наверное, она в метро, где связь не ловит», — предположила Лина, все еще покрывая Лекси.

«Ох не знаю, не знаю...» — сказала мисс Гамильтон. Ее гнев, казалось, немного поубавился.

Лина воспользовалась замешательством и сказала: «Мы с Лекси тесно работали по некоторым проектам. Если были какие-то большие закупки по корпоративной Амекс, то я наверняка в курсе. Может, я чем-то помогу? »

«А, хорошо. Ладно» — сказала мисс Гамильтон. Лина услышала звук шуршания бумаги. «Американ Экспресс пишет, что была транзакция на сумму десять тысяч шестьсот двадцать два фунта и двенадцать центов, или пенсов, без разницы». Лина схватилась за голову, когда услышала сумму, мисс Гамильтон продолжала: «Транзакция совершена в субботу утром, покупка компьютеров и электронного оборудования. Они просто указывают категорию».

Лина сделал шаг назад и села на стул Лекси. «А где была сделана транзакция?»

«А, да», — ответила мисс Гамильтон. Снова послышался звук шелестения бумаги — этот звук передавался через Атлантику, отдаваясь эхом в трубке телефона. «В Дж. Льюис? Наверное, это какой-то поставщик электроники в Лондоне. Может, и нет. Подождите». Лина услышала, как мисс Гамильтон набирает что-то на клавиатуре. Потом послышался звук открывающегося окна. Лина услышала, как мисс Гамильтон зажала трубку между щекой и плечом — ей наверно нужно было ввести пароль, чтоб зайти в электронный банк Амекса. «Да, вот. Они пишут Дж. Льюис Оксфорд Серкл. Это там снимали сериал «Инспектора Морс?».

«Нет, мэм. Это район в Лондоне», — спокойно объяснила Лина.

«Ох», — с разочарованием сказала мисс Гамильтон. «Погодите-ка. Была еще одна транзакция в этом же месте на сумму двести четыре фунта и восемнадцать центов. Но про эту транзакцию они не упоминали». Опять послышался двойной щелчок мыши. «Тут указано — постельные принадлежности». Она помолчала какое-то время, просматривая другие транзакции. «В любом случае, мисс Демур», — сказала она, теперь уже спокойнее от того, что хоть кто-то с ней разговаривает. Она очень не любила, когда её игнорировали. «Так это действительные транзакции? Они мне только сегодня утром позвонили. Почему им потребовалось столько времени, вот что удивительно».

Лина на минуту задумалась. Неужели это и правда одобренные транзакции? Она не могла представить себе, чтобы это были расходы компании. Может быть, Лекси купила что-то еще, помимо одеяла? Но что такого можно купить в «Джон Льюисе» на десять тысяч фунтов? И даже если и так, почему она не сказала ей? Лина подумала, что она часто ворчала на Лекси из-за крупных трат, и поэтому она ей и не сказала. Но такую дорогую покупку она бы заметила в квартире. Если только это не ювелирное украшение, которое можно спрятать. Но дорогое электронное оборудование сложно спрятать в туалетном столике. «Если только она не купила что-то для Леслава, и это у него».

«Леслав», — неожиданно сказала вслух Лина.

«Вы о чем?»

«Мисс Гамильтон, дайте мне несколько минут уточнить один момент», — сказала Лина профессиональным тоном, который она использовала, когда клиенты говорили ей о проблемах со счетом.

«Хорошо дам. Но ответить мне надо очень скоро», — твердо сказала мисс Гамильтон.

«Да-да. Я перезвоню в течение часа», — сказала

Лина уверенно.

«Договорились, мисс Демур». Профессиональный тон Лины, должно быть, был хорошо поставлен и внушал уверенность.

Лина отключила телефон, но не повесила трубку, обдумывая некоторое время ситуацию. Она не доверяла этому Леславу. Было в нем что-то такое, что отталкивало Лину, какая-то едва заметная искуственность в его непринужденной манере общаться. Лекси так и не увидела этого в нем, а Лина заметила сразу. Не то, чтобы он специально что-то делал или говорил, это шло откуда-то изнутри, где оно было всегда. Она чувствовала это, а он чувствовал её недоверие. Поэтому он никогда не задерживался, когда она приходила.

Вновь показалось улыбающееся лицо Уэнди. «С мисс Гамильтон уладили вопрос?». Лина взглянула на нее. Она наверное видела у себя на телефоне, что номер Лекси был занят. «Мне надо ей перезванивать?» — спросила она с спаской, видя, как Лина серъзно что-то обдумывает.

«Нет. Я с ней поговорила. Ты её теперь не интересуешь», — объяснила Лина.

Уэнди выдохнула и сказала: «Ой, спасибо большое, а то я так её боюсь». Она хихикнула и направилась обратно к себе за стойку.

Лина нажала клавишу на компьютере Лекси, и спящий режим выключился Она зашла на сайт универмага «Джон Льюис» и нашла телефон магазина на Оксфорд Серкл. Снова взяла трубку и набрала телефонный номер магазина. Когда ответил секретарь, она попросила соеденить с отделом фототоваров. Послушались гудки, а через какое-то время ответил молодой человек. Он казался уставшим. Он работал один, и покупателям пришлось ждать.

Лина попросила к телефону Леслава. Молодой человек ответил, что он больше здесь не работает, и спросил, чем он может помочь. Лина сказала, что она его знакомая и спросила, когда и почему тот уволился.

Молодой человек спросил: «Что, еще одна знакомая? У этого парня столько знакомых девушек!» — сказал он, почувствовав, что жизнь к нему не справедлива.

«Что значит еще одна? А его подружка тоже сегодня звонила?» Лина начинала понимать причину печального настроения Лекси.

«Памела? Нет. Она тоже в субботу уволилась», — объяснил он. Теперь Лина все больше и больше понимала глубину переживаний Лекси. «Нет, была еще одна американка, хорошенькая такая блондинка. Она его спрашивала с утра. Я ей уже сказал, что Лес купил несколько компьютеров и уволился. Сказал, что открывает свой бизнесс».

«Свой бизнес», — с недоверием сказала Лина.

«Да, он так сказал. Первый раз я от него это услышал. Он наверно очень долго планировал и все держал в себе», — сказал продавец. «Как и Памела».

«Понятно», — сказала Лина. Теперь она видела всю картину, лучше, чем этот продавец, который все видел собственными глазами.

«Послушайте. Мне надо идти. Я один на всеь отдел», — сказал он, прерывая Лину. «Лес с Памелой уволились, а двух других еще не нашли».

«Конечно, Только один вопрос», — сказала Лина.

«Да?» — спросил он.

«Стоимость обрудования, которое купил Леслав, была десять тысяч фунтов?», — спросила Лина, — «он платил картой Американ Экспресс?»

«Фух. Эта девушка, американка, спрашивала то же самое у меня», — сказал он с любопытством. «Памела выписывала чек, но да, что-то около десяти кусков. Не знаю, по какой карте они оплатили, но чек на такую сумму мог покрыть только Амекс».

«Да, теперь все понятно», — согласилась Лина.

«Простите. Мне правда надо идти», — сказал он.

Лина поблагодарила его и повесила трубку. С минуту она сидела, до конца представляя ситуацию. Очевидно, что Леслав украл карточку Лекси. Как она понимала, это должно быть произошло в субботу, когда она купила одеяло. Не понятно только было, как ему удалось взять у нее кредитку, и вернуть так, что она даже ничего не заподозрила. Лекси же узнала о предательстве сегодня и была сама не своя. Ей было и стыдно, и горестно, а потому она не могла признаться.

Лина решила оставить мысли о чувствах Лекси на потом. Сначала нужно действовать, чтобы не стало хуже. Она взяла трубку, набрала номер телефона мисс

Гамильтон и сообщила, что кредитка была украдена.

«Ну как же так!» — сказала мисс Гамильтон. «Почему Лекси сразу об этом не сообщила?»

«Я только что с ней говорила», — сказала Лина, но несколько неуверенно. «По всей вероятности, кто-то в универмаге «Джон Льюис» выкрал кредитку, или она сама её уронила после того, как расплатилась за покупку, и этот кто-то сразу же воспользовался карточкой до того, как заметили пропажу». Неожиданно Лина осознала, что легенда была бы неполной, если бы Лекси использовала кредитку после этой закупки. «Не было же других транзакций по карточке после этой на десять тысяч?»

«Хм… Нет, не было. Дайте все же я проверю… Нет, только вот эти две в субботу, больше нет», — сказала мисс Гамильтон. «Так вот эту на двести фунтов подтверждаем? Мне просто надо все выяснить, прежде чем говорить с Американ Экспресс».

«Да. Покупку на двести фунтов совершила Лекси», — сказала Лина, ведь она видела это роскошное покрывало. «А транзакция на десять тысяч на закупку оборудования является недействительной».

«Вы уверены?» — спросила мисс Гамильтон.

«Да, мэм. Я поговорила с Лекси и позвонила в универмаг «Джон Льюис» в тот отдел, где была совершена покупка», — заявила Лина авторитетным тоном. «Картой воспользовался кто-то другой, не Лекси». Она рисковала. Если транзакцию одобрила Лекси, тогда Лину уличат во лжи, и у них обеих будут проблемы. Но способность оценивать вероятность и идти на риск были сильной стороной Лины.

«Ясно. Спасибо, что прояснили ситуацию, мисс Демур».

«А что теперь?» — спросила Лина.

«А! Да ничего. Я сообщу о пропаже карты. Американ Экспресс подаст на компенсацию затрат и аннулирует карту. Компании платить не придется», — объяснила мисс Гамильтон. «Передайте мисс Найвински, что она сможет получить новую карточку в течение трех рабочих дней и чтобы впредь была более внимательна».

Лина сказала, что передаст. Они поблагодарили друг друга и на этом разговор закончился. Лина выключила компьютер Лекси и пошла к себе. На своем столе она все прибрала, рабочий день шел к концу. Сложила все бумаги на столе в стопку, закрыла все программы и выключила компьютер.

В кабинете стало тихо. Она села в кресло. Лекси все же обидела её, когда сказала, что она ей не друг и что у нее вообще нет друзей. По сути, это было правдой. Лекси всегда была ей настоящим и верным другом, а она считала её лишь приятельницей, и никогда не была другом для Лекси. Вздохнув, Лина посмотрела на фотографию закрытых деревянных дверей на своем столе, которую она привезла из кабинета в Филадельфии.

Правдой было и то, что, кроме Лекси, других друзей у нее не было. Она ничего не делала, чтобы заслужить такого друга, как Лекси, и в этом была исключительно её вина. Теперь, возможно, она потеряет и Лекси. Возможно, этот инцендент с Леславом, то, как она отреагировала, было не просто гневом, а произошел еще и потому, что Лекси устала в одиночку поодерживать их дружбу, и в тот момент она поняла это.

Лина уставилась на закрытые двери на фотографии и подумала о том, как много для нее сделала Лекси, и как мало она сделала для нее в ответ. Она вспомнила слова этой старушки в Филадельфии: «В конце, когда наступит большая трагедия, только тогда ты поймешь, что такое дружба и найдешь настоящего друга около себя, того, который всегда был тебе нужен».

Лекси всегда была верным другом на протяжении многих лет, с их первой встречи в университете. Лина же не ценила этой дружбы, а осознала важность дружбы только сейчас, именно в этот момент. Ведь это не просто, когда у тебя есть друзья, и, может быть, ты легко их найдешь, но есть и другая часть — их надо беречь, как делала Лекси все эти годы. Лина осознала, что она обращалась с Лекси как с собачкой на поводке, которая постоянно ищет внимания своей хозяйки, а та прогоняет ее, иногда даже пинком, а Лекси всегда возвращалась, потому что знала, что нужна Лине.

Лина тратила свою жизнь на то, что была несчастна, думая, что и жизнь, и весь мир виноваты в ее одиночестве. Считая себя особенной, она думала, что её никто не понимает, ни мама, ни коллеги, ни те приятели, которые пытались стать ей друзьями за все те тридцать лет, что она живет на свете. Только теперь она поняла, что только она, а не Лекси, и виновна в своем одиночестве.

Все еще не отрывая взгляда от фотографии закрытых дверей, она неожиданно для себя самой поняла, что она не снаружи этого дома, и дружба для нее закрыта за этими дверьми, а, согласно какой-то метафоре наоборот, она внутри за этими дверьми и закрыла свою жизнь от других.

«Я могу потерять Лекси, своего единственного друга», — тихо произнесла она вслух. Подумав с минуту, она произнесла уже достаточно громко: «Я должна измениться».

Она поднялась с кресла, направилась к двери, но остановилась и загнула четыре пальца: «Четыре: Лекси». Кивнув, она вышла из кабинета. На ходу сказала Уэнди, что у них с Лекси срочное дело, и они не вернуться до конца дня. Та пожелала ей удачи.

Глава пятнадцатая

Лина открыла дверь в квартиру в их Берлинском районе, стараясь не шуметь. Дверь, когда её открывали, слегка поскрипывала в конце. Из комнаты Лекси доносится шорох. Лекси дома, легла в кровать. Как хорошо — она так надеялась застать её дома.

Лина закрывает дверь, запирает замок, кладет сумку и ключи на диван и, пройдя через гостиную, прямо по коридору, идет в комнату Лекси.

Дверь в комнату Лекси приоткрыта. Лина считает это хорошим знаком — что Лекси пришла домой, и не заперлась у себя в комнате. Это значит, что она еще не закрыла свою жизнь от нее — по крайней мере, еще нет.

«Лекси, привет», — говорит Лина мягким голосом. «Как ты себя чувствуешь?». Лекси не отвечает. Она лежит, накрышись по уши своим одеялом и отвернувшись к стене. Лина видит только эё волосы и нос, который Лекси чуть высунула, чтобы дышать прохладным свежим воздухом. В квартире очень холодно. Лекси сняла туфли, но все еще не переоделась в домашнюю одежду. Вокруг кровати на полу разбросаны салфетки. Сама коробка с салфетками также валяется на полу.

Лина решает, что надо подождать, пока Лекси будет готова рассказать ей, что случилось. Она присаживается на край кровати, хлопает Лекси по спине, говорит: «Красивое одеяло».

Лекси высовывает голову и говорит, не поворачиваясь к Лине: «Оно из пуха и перьев венгерского белого гуся». Она ждет, что ответит Лина, и не прячет голову обратно под одеяло.

Лина отвечате: «Здорово». Лекси кивает и закрывает голову одеялом. «Теплое?»

Лекси отвечает из-под одеяла: «Да, очень. Как будто двенадцать слоев одежды».

«Как уютно. Отличная покупка», — говорит Лина утверждающим тоном.

Лекси слегка приоткрывает одеяло, и слегка поворачивается, чтобы посмотреть на Лину. С гордостью маленькой девочки она говорит: «Со скидкой в пятьдесят пять процентов».

«Очень хорошо», — отвечает Лина похвально.

Глаза Лекси снова наполняются слезами, губы дрожат, она снова вспоминает, чего стоила ей эта скидка у Леслава. Но сказать она все еще не может, и начинает плакать.

Спокойным тоном Лина говорит ей: «Я поговорила с мисс Гамильтон и звонила в универмаг, где работал Леслав. Я все знаю. Все уладится».

Лекси вскакивает, все еще рыдая. Отбросив одеяло, она протягивает руки к Лине, обнимает её и плачет, уткнувшись в плечо Лины. Через какое-то мгновение, Лекси отталкивается и говорит: «Прости за то, что я сказала раньше. Ты мой друг, мой лучший друг».

«Все нормально», — говорит Лина.

«Я это взапале сказала, это неправда», — говорит Лекси все еще со слезами на глазах, но уже не плача.

«Да я знаю. Но ты была права. Не таким хорошим другом я тебе была, а ты всегда ценила нашу дружбу», — признается Лина.

«Нет, ты всегда все делала правильно», — протестует Лекси, смотря на Лину в упор своими красными от слез глазами и носом.

Лина наклоняется взять две салфетки из коробки на полу, промокает ими глаза Лекси и лицо: «Нет, не все». Она прикрывает салфеткой рот Лекси, чтобы та не могла ничего сказать. «Но я была неправа, и я исправлюсь. Прости меня, что была такой глупой все эти годы». Лекси улыбается сквозь слезы и сквозь салфетку, которой Лекси все еще закрывает рот.

Убрав салфетки от лица, Лина передает их Лекси. Лекси промокает ими нос, и слегка наклоняет голову в знак благодарности. Затем снова промокает нос. «Ты наверно думаешь, что я дура», — говорит Лекси, пожав плечами.

«Вовсе нет. Я думаю, что ты мой лучший друг», — говорит Лина с улыбкой. Лекси смеется и снова промакает нос. С минуту они молчат, не зная, что сказать.

Лина улыбается, начиная тихим голосом напевать:

«*Я снова влюбилась...*». Продолжая улыбаться, она жестом показывает Лекси, что её очередь продолжать.

Лекси смеется, выдыхая и продолжате: «*Как так случилось?..*» Снова смеется.

Лина продолжает: «*Сама того не желая...*»

Лекси снова смеется, они вздыхают и, на сей раз с немецким акцентом, продолжают: «*Любовь всегда побеждаед!*».

Эпилог

В городе Филадельфия выдался теплый весенний день. Дул мягкий ветер, с ноткой спокойствия. На Риттенхауз Сквер, в маленьком парке около офиса, где Лина и Лекси встретила ту предсказательницу, распустились зеленые листья. С тех пор прошло чуть больше двух лет. Лина небрежно прогуливалась по парку, вспоминая тот день и те события, которые за этим последовали. Неделю назад они с Лекси вернулись домой. Это было непростое решение для Лины, ведь ей так нравилось в Лондоне, очень нравилось, но она скучала по Филадельфии.

Отношения с Клайвом длились почти год, но потом они расстались. В первые месяцы они просто потеряли голову от любви, но потом несовместимость взяла вверх. Расстались по-дружески. После этого Лина встречалась и с другими, но их она не любила так, как Клайва. Все же, её отношение к мужчинам и к отношениям вообще изменилось: она была более открыта, менее критична и более охотно делала все, что зависит от нее в отношениях. Со временем, она найдет того единственного. Теперь это возможно.

После того первого выступления на Си-Эн-Эн, ее снимали почти каждый понедельник, и она заработала себе репутацию. Теперь, когда она переехала в Штаты, она уже не будет появляться с такой же регулярностью, но все равно она не бросит это дело. Ей нравилось отвечать на вопросы интервью, и та популярность, которая, в конце концов, пришла к ней. Это стало частью её жини, частичкой её самой. Иногда её узнавали на улице. И, кто бы мог подумать, но ей это нравилось.

Этот статус маленькой звезды обязывал её выступать и на форумах. На некоторые, если они были в интересных местах, Лина с удовольствием ездила и делала доклады. Это была чудесная возможность для них с Лекси недорого посмотреть другие европейские страны. Лине оплачивали билеты и проживание, а Лекси только билеты, но она проживала в одной комнате с Линой и помогала рекламировать их компанию на этих форумах. Когда у них было свободное время, они отправлялись осматривать достопримечательности, от чего обе получали удовольствие. Об этих местах Лине рассказывали в школе, и ей тогда приходилось только мечтать о том, чтобы их посетить. Лекси же никогда не жила мечтой — ей просто нравилось путешествовать. Ей нравились эти незнакомые города, встречи с интересными людьми, хорошие рестораны по вечерам.

Надо сказать, Лекси довольно быстро отошла от того инцидента в Леславом, и быстро переключилась на других мужчин. Все эти отношения были недолгими, но это её мало заботило. Этот случай с Леславом научил её не растворяться в отношениях, но недоверчивой она не стала. Она также была беззаботна и открыта. Что для неё было важным, так это то, что Лина стала другом — настоящим другом. Сначала это было несколько непривычно. Иногда Лина начинала отчитывать Лекси, но потом сразу начинала извиняться и старалась загладить вину. Со временем Лина освоилась, она стала Лекси настоящим другом, тем который был всегда нужен Лекси — как и предсказала та ясновидящая.

Все эти мысли сменяли друг друга в голове Лины. Вдруг она увидела старушку, которая сидела на скамье, смотрела в пустоту и выглядела грустной. Лина теперь всегда носила с собой фотоаппарат. Она достала его из сумки, прицелилась и сделала несколько снимков. На экране камере она смотрела, как получились эти снимки. Увелчила первый снимок, чтобы рассмотреть лицо старушки. Она узнала её и подняла голову вверх. Это была та самая предсказательница.

Лина отложила фотоаппарат и направилась к скамейке. Подойдя поближе, сказала: «Здравствуйте». Старушка взглянула на нее, и, не узнав её, снова склонила голову. Лина присела рядом и сказала: «Можно?». Старушка ничего не сказала.

Лина заметила, что прическа у старушки была та же самая, что и в тот раз. Волосы были зачесаны на ту же сторону и закреплены заколкой. Но платье было другим — почище. По-прежнему, ни сумки, ничего другого она с собой не носила.

«Может, вы меня и не помните, но мы с вами встречались, чуть больше двух лет назад. Вас ведь зовут Крассимира, да?» — спросила Лина.

Женщина посмотрела на Лину и спокойно сказала: «Вы меня знаете?». По её взгляду все еще было понятно, что она не узнает Лину.

«Да, вы предсказали мое будущее», — объяснила Лина с улыбкой.

«Правда? И что? Все сбылось?» — спросила старушка с некоторым беспокойством и любопытством..

«Да, все, что вы предсказали, сбылось», — вежливо ответила Лина.

«Это хорошо», — с гордостью сказала старушка. «Вы счастливы?»

«Да, я счастлива. Спасибо вам», — сказала Лина, тепло улыбаясь.

«Это хорошо», — ответила она.

«Знаете, когда вы все это мне сказали, я подумала, что вы сумасшедшая», — сказала она с извиняющимся выражением лица, надеясь, что это не обидит старушку. Старушка не обиделась, и спокойно продолжала слушать Лину.

Лина продолжила: «Но на самом деле, я по-просту боялась того будущего, что вы мне предсказали. Вы не помните, но вы говорили о больших переменах в моей жизни, которые я не хотела, чтобы были. Это меня и пугало».

Старушка с еще большим любопытством посмотрела на Лину, внимательно слушая и ожидая продолжения. Она смотрела на её глаза, на её губы и ждала, что они еще ей поведают.

На минуту Лина отвернулась и сказала: «Мне казалось, одного предсказания я боюсь больше других, но потом я поняла, что боялась всех предсказаний». Она вновь повернулась к старушке: «Видете ли, я тогда была одинока. Я убеждала себя тогда, что мне хорошо и одной и что у меня нет друзей. Но это было неправдой, я сама себя обманывала».

Старушка кивнула головой, но ничего не сказала в ответ. Для Лины этого было достаточно.

«В любом случае, моя жизнь изменилась, как вы и предсказывали. Пару лет я жила в другом городе. Я полюбила одного человека — так, как никого раньше не любила», — весело сказала Лина. Затем добавила: «Отношения длились не долго, не больше года, но я поняла, что значит любить, что значит быть подругой, быть чьей-то девушкой. Точно так же я научилась быть кому-то другом, принимать дружбу, принимать любовь, если она встречается в жизни». Она остановилась и посмотрела на старушку, которая все кивала, пока слушала. Лина приняла её молчание как проявление мудрости и снисхождения, которым её научили старые времена. Эта старушка выглядела элегантной, несмотря на все тяготы, которые выпали на её долю. Лина подумала, не угостить ли её обедом в каком-нибудь прекрасном ресторане в знак благодарности, но подумала, что она, наверное, из тех, кто не от мира сего, и вряд ли согласиться.

«Я все еще убеждена, что ни вы, ни вообще кто-либо не может предсказывать будущее. И я думаю, что все, что вы предсказали, сбылось бы и так, даже если бы вы мне этого не говорили», — рассуждала Лина.

«Но то, что вы об этом скзали позволило мне понять важность этих событий в жизни, когда они происходили». Лина на минутку замолчала, а затем продолжила: «Я думаю, у всех нас бывают поворотные моменты в жизни, но мы их не видим, или избегаем их, вместо того, чтобы принять как должное».

Лина снова замолчала, взглянула в сторону, словно обдумывая свои слова. Затем слегка улыбнулась и сказала: «Я сама пыталась избежать этих событий, но они были сильнее меня». При этой мысли она опять улыбнулась.

«В любом случае, спасибо вам за то, что помогли мне осознать важность этих событий и встретить их с достоинством», — сказала она, закончив теплой улыбкой и ласковым взглядом.

Старушку никак не тронули ни слова Лины, ни её улыбка. Лина перестала улыбаться и посмотрела на старушку с любопытством. В этот момент старушка отвернулась и уставилась вдаль. Ей взгляд был таким же, когда Лина подошла к ней.

Вдруг она увидела женщину средних лет в форме медсестры, которая направлялась к ним. «Красси, так вот ты где!» — крикнула та.

Красси посмотрела на медсестру и сказала: «Что, время обеда? Я и правда проголодалась».

«Да, пора обедать. Пойдем домой и тебе дадут поесть».

Лина с удивлением посмотрела на все происходящее. «Простите, что происходит? Кто вы?»

«А, здравствуйте. Простите, вы с ней разговоаривали?» — спросила медсестра. «Я почему-то думала, что вы просто сидите на одной скамэйке».

«Нет, мы раньше встречались», — сказала Лина, взглянув на старушку, которая снова смотрела вдаль. Лина начала понимать, что не такая уж она и бузумная.

«Она из дома престарелых, что в двух кварталах отсюда. А я там работаю», — тихим голосом объяснила медсестра. Старушка никак на это не реагировала. Казалось, это её совсем не касается. «Иногда она уходит за территорию. У нас там с охраной не очень. Большинство пациентов старики, а Красси, она... порой теряется», — сказала она. Старушка подняла на нее взгляд. Медсестра улыбнулась в ответ. Старушка снова отвела взгляд и уставилась в пустоту.

Лина улыбнулась, осозновая, что эта старушка была никакая не ясновидящая, а все её предсказания — это всего лишь бред болеющего рассеянным склерозом. Она снова взглягула на старушку, и поняла, что это ничего не изменит, и она все еще благодарна за ту встречу с ней, что случилась два года назад.

«Мне очень жаль это слышать. А у нее есть семья или друзья, которые её навещают?» — спросила Лина заботливо.

«Нет, у нее есть племянница, которая её иногда навщает, но не часто», — объяснила медсестра. «Что же касается друзей, у нее никого нет, по крайне мере, я не знаю. По-моему, её никто не навещает».

Лина посмотрела на Красси, потом на медсестру, и сказала: «Я её друг». Красси обернулась и посмотрела на Лину. Медсестра с любопытством посмотрела на Лину. «Я бы хотела навестить её и не раз. Днем к вам пускают? Я тут работаю недалеко».

«Конечно, это будет замечательно», — с улыбкой сказала медсестра.

Лина повернулась к Красси и спросила: «Можно ведь мне тебя навестить дома?»

Красси улыбнулась и сказала: «Да». Она изучающе посмотрела на Лину: «Ты же мой друг?»

«Да, друг», — сказал Лина, слегка коснувшись её плеча. «Давай пойдем домой. Может, вместе пообедаем». Она взглянула на медсестру. Та кивнула в ответ.

«Да. Я проголодалась», — сказал Красси, вставая со скамьи. Она взяла Лину под руку, и они пошли за медсестрой, которая показывала дорогу. «А ты знаешь песни? Давй вместе споем», — сказала Красси.

Лина усмехнулась и сказала: «Я знаю одну песню Марлен Дитрих. Тебе она может понравиться».

«Мне нравится Марлен Дитрих», — сказала Красси. «Знаешь, мне раньше мальчики говорили, что я на нее похожа».

Лина улыбнулась и сказала: «Да, я их понимаю».

Красси улыбнулась и чуть сильнее взяла руку своей подруги.

Особая благодарность

С теплой благодарностью Елене Александровне Картушиной, доценту Института Пушкина, одному из редакторов этого текста. Елена первой прочла роман и помогла мне проработать некоторые сцены и многие детали. С того момента, как был создан первый вариант романа, она помогла мне разнообразить сюжет. Благодаря её советам , роман стал более живым и реалистичным. Кроме того, она добавила в текст часть своего очарования. В ходе написания романа, она часто поддерживала меня. Спасибо её талантливой дочери Юлии, которая позволила мне располагать временем мамы.

Особая благодарность Энди Ораму, еще одному редактору этого романа, за его помощь в корректуре текста. Он является штатным редактором издательства «О'Рейли Медиа», и редактировал мои технические учебники. Несмотря на занятость, он нашел время прочесть и редактировать роман. Он не только выверил грамматические ошибки о опечатки, но и некоторые несоответствия в фабуле. Он помог мне сделать эту историю логичнее. Благодаря ему, роман теперь читается гораздо лучше. Спасибо его жене, Джуди Лебоу, за то, что позволяла Энди редактировать роман во время отпуска, и что одной из первых заказала книгу.

Спасибо Аманде Суэни, психиатру, за то, что нашла мою книгу на Фейсбук и поставила отметку «нравится». Она согласилась прочитать первые главы, подтвердив, что психотипы главных персонажей правдоподобны и интересны. Её идея дополнить начало книги, чтобы привлечь читателей, были очень ценными.

Спасибо Расти Осборн, что помогла мне напечатать рукописный вариант книги, и всегда поддерживала меня. Спасибо Берчин Орхон за её поддержку и советы, и за то, что первой купила роман. Спасибо моим друзьям за поддержку, когда я писал роман: Анахит Венетсян, Ирина Горгула, Изабель Пинхейро, Катерина Панятова, Катя Смирнова, Кен Маккан, Ким Стил, Кристина Тул, Лина Станоска, Лекси Холлар, Лори Сеста, Мария де Лаурентис, Майкл Стоун, и многим другим друзьям по всему миру. Спасибо моему другу Ричарду Стрингеру, которого уже давно нет, но которы оказал на меня большое влияние и благодаря которому я стал писателем.

Спасибо Роберто Маурицио (шеф-повару) и Паоло Аморосо (владельцу) ресторана Ля Чирибичиакола в Милане, Италия, а также всему персоналу отеля Парк Хаятт Милано, что разрешали мне писать у них часами. Это отличные места поужинать с друзьями, и мне там хорошо писалось.

Спасибо всем, кто заказал книгу и всем, кто прочтет роман. Я надеюсь вам понравится, и настроит вас на позитивный лад. Писать этот роман мне очень понравилось.

— Расселл Дайер

Примечание переводчика

В современном мире, когда индивидуальное творчество писателя давно уже не считается столь масштабным, как групповые литературные проекты, написание романа как личного опыта из жизни не должно оставаться не замеченным. Именно это и побудило меня перевести эту книгу. Мне хочется, чтобы российский читатель узнал нового автора — моего друга, чьи книги и личное общение возвращают веру в лучшее, позволяют читателю не забывать об истиной дружбе, любви, преданности делу.

Главная героиня романа, Лина, переживает личную трагедию — потеря ребенка, разрыв с другом, непростые отношения с мамой и отчимом, непонимание коллег. В начале романа это вызывает сожаление и жалость к ней. Но потом стоический характер Лины, граничащий со скептицизмом, несколько настораживает. Невольно думается, что героиня романа из тех интровертов, которых не хочется добавлять в друзья в социальных сетях.

Напротив, экстравертный характер Лекси, подруги Лины, удивляет и подкупает. Лекси общительна, великодушна, щедра на похвалу. Если бы фабула произведения была классической, то Лекси и Лина должны были подружиться уже на первых страницах книги, ведь противоположности притягиваются. Однако, сломать скептицизм Лины не так-то просто — она отказывается верить в дружбу, отказывается считать Лекси подругой, отказывается верить ясновидящей, предсказавшей ей любовь и славу.

В начале романа Лекси производит впечатление легкомысленной, но обаятельной девушки. Однако конец романа показывает, что характер Лекси оказывается более сильным и глубоким, чем могло показаться вначале. Лекси до конца верит в Лину, остается её самым преданным другом и именно благодаря ей Лина вновь обретает веру в себя.

Перевод считается самым глубоким видом чтения, но для меня до сих пор остается загадкой, когда происходит этот переломный момент в романе, и Лина перестает быть одинокой. Все, что я могла — это донести до читателя этот смысл, который Расселл Дайер скрыл между срок.

С моей стороны, работа над переводом романа тоже потребовала отбросить мой скептицизм в отношении письменного перевода вообще и художественного перевода в частности. Я работала синхронным переводчиком, много переводила на переговорах, конференциях, презентациях, строго (порой, признаю, чересчур) правила переводы своих студентов. Этот опыт художественного перевода стал для меня тем блюдом, которое я давно хотела приготовить, но считала, что у меня нет подходящих ингредиентов и необходимых кулинарных навыков.

Я выражаю признательность основному редактору перевода — Анне Кравчук, а также Елене Поветевой и Инна Лазутина за ценные комментарии. Они строго соблюдали «правило четырех глаз» редактуры.

Не могу не сказать спасибо и моей дочери Юлии, которая заставляла меня открывать книгу и переводить а потом читала и говорила, что «в литературе так не принято».

Что ж, на то он и перевод, чтобы передавать эти тонкие грани дозволенного в языке, а читателю — решать, принять эту языковую грань или нет.

— Елена Картушина

Other Novels by Author

The author has written hundreds of articles on various topics, as well as some short stories. Prior to this novel, he published another novel and has another which will be published after this one.

In Search of Kafka

A comical high-tech thriller, tells the story of Oliver Whitman, a computer programmer whose friend is a conspiracy theorist who believes Homeland Security is working with Starbucks to add chemicals to their coffee to sedate the public when negative press is released about the President. One night, Oliver helps his friend with what he believes is a virus on his computer, but is actually a hacker.

Provoked and caught in harmless geek fun, Oliver retaliates. Unfortunately, he's been tricked: he's lured into attacking Starbucks' server. Realizing his blunder, he runs, barely escaping government agents. Relentlessly pursued, he finds danger wherever he turns. He has to do something, but what? Staying free will require some difficult choices.

Publisher: A Silent Killdeer Publishing (October 2009)
ISBN: 978-0-9831854-2-0

Not a Step

Two stories in one novel, it's composed of two intertwined plots. The main story is of a timid boy, Martin who is befriended by a Pope in 1958. The Pope somewhat adopts him and another boy, Claudio. The two boys are at odds with each other from the beginning. After the Pope dies, they grow apart and become each other's nemesis, each hurting the other, each taking revenge on the other. At the same time, each try to find the happiness they had as boys. While Martin spends his life looking for the same unconditional love he found from his adopted father, Claudio attempts to find happiness in wealth, fame, and power.

Wrapped around this main story is the story of a journalist who inteviews Martin, when he is an old man, for an article for a New York magazine. As he researches Martin's background to add more depth to his article, he learns about family secrets and about Claudio. He comes to despise Claudio and eventually seeks to assist Martin in getting his final revenge on Claudio.

Publisher: A Silent Killdeer Publishing (July 2018)
ISBN: 978-0-9831854-4-4